Books Bear
布克熊童书

会 讲 故 事 的 童 书

大家经典
·导读·

谢冕
主 编
泰斗级北大教授
文学理论家

解玺璋
副主编
知名学者、文艺评论家

赵树理

作品精读

赵树理
—— 著

读者出版社

图书在版编目（CIP）数据

赵树理作品精读 / 赵树理著. -- 兰州 ：读者出版
社，2023. 11
　（大家经典导读 / 谢冕，解玺璋主编）
　ISBN 978-7-5527-0731-1

　Ⅰ. ①赵… Ⅱ. ①赵… Ⅲ. ①赵树理（1906-1970）
－文学欣赏 Ⅳ. ①I206. 7

中国国家版本馆CIP数据核字（2023）第059957号

大家经典导读·赵树理作品精读

谢　冕　主编

解玺璋　副主编

赵树理　著

总 策 划　禹成豪　曹文静

责任编辑　张　远

封面设计　万　聪

出版发行　读者出版社

地　　址　兰州市城关区读者大道568号（730030）

邮　　箱　readerpress@163.com

电　　话　0931-2131529（编辑部）　0931-2131507（发行部）

印　　刷　天津鑫旭阳印刷有限公司

规　　格　开本880毫米×1230毫米　1/32
　　　　　印张8　字数173千

版　　次　2023年11月第1版
　　　　　2023年11月第1次印刷

书　　号　ISBN 978-7-5527-0731-1

定　　价　49. 80元

目 录

赵树理作品精读

◆ 注：文中标注波浪线文字为佳句欣赏

李家庄的变迁（节选）

导读提示

　　《李家庄的变迁》是赵树理长篇小说代表作之一。选文为小说的开头部分。从节选的内容中，主人公铁锁的不公命运与悲惨生活便初见端倪。一棵小桑树的归属问题，一个茅厕引发的纠纷，贯穿了全文。断案牵扯到的两户人家——春喜与铁锁，参与"说理"的不同社会角色——村长李如珍、村警老宋、掌柜王安福、社首小毛、地方恶势力小喜，共同构成了全篇的主要人物。虽有物证契纸，但奈何众口铄金；虽有村里老人可为人证，但无人肯站出来主持正义。最后的结局是安分守己、勤劳憨直的铁锁丢了茅厕，折了钱财。放眼整篇小说，这仅仅是底层农民铁锁饱受阶级压迫与军阀欺凌的开始。作者赵树理用他擅长的生动活泼的语言，生动地展现了抗战前后农村经济的衰败、政治的黑暗、社会的动荡以及农民走投无路的现实场景。

李家庄有座龙王庙，看庙的叫"老宋"。老宋原来也有名字，可是因为他的年纪老，谁也不提他的名字；又因为他的地位低，谁也不加什么称呼，不论白胡老汉，不论才会说话的小孩，大家一致都叫他"老宋"。

　　抗战以前的八九年，这龙王庙也办祭祀，也算村公所；修德堂东家李如珍也是村长也是社首，因此老宋也有两份差——是村警也是庙管。

　　庙里挂着一口钟，老宋最喜欢听见钟响。打这钟也有两种意思：若是只打三声——往往是老宋亲自打，就是有人敬神；若是不住乱打，就是有人说理。有人敬神，老宋可以吃上一份献供；有人说理，老宋可以吃一份烙饼。

一天，老宋正做早饭，听见庙门响了一声，接着就听见那口钟当当当当地响起来。隔着竹帘子看，打钟的是本村的教书先生春喜。

春喜，就是本村人，官名李耀唐，是修德堂东家的本家侄儿。前几年老宋叫春喜就是"春喜"，这会春喜已经二十好几岁了，又在中学毕过业，又在本村教小学，因此也叫不得"春喜"了。可是一个将近六十岁的老汉，把他亲眼看着长大了的年轻后生硬叫成"先生"，也有点不好意思。老宋看见打钟的是他，一时虽想不起该叫他什么，可是也急忙迎出来，等他打罢了钟，向他招呼道："屋里坐吧！你跟谁有什么事了？"

春喜对他这招待好像没有看见，一声不哼走进屋里向他下命令道："你去报告村长，就说铁锁把我的桑树砍了，看几时给我说！"老宋去了。等了一会，老宋回来说："村长还没有起来。村长说今天晌午开会。"春喜说："好！"说了站起来，头也不回就走了。

老宋把饭做成，盛在一个串门大碗里，端在手里，走出庙来，回手锁住庙门，去通知各项办公人员和事主。他一边吃饭一边找人，饭吃完了人也找遍了，最后走到福顺昌杂货铺，通知了掌柜王安福，又取了二十斤白面回庙里去。这二十斤面，是准备开会时候做烙饼用的。从前没有村公所的时候，村里人有了事是请社首说理。说的时候不论是社首、原被事主、证人、庙管、帮忙，每人吃一斤面烙饼，赶到说完了，原被事主，有理的摊四成，没理的摊六成。民国以来，又成立了村公所；后来阎锡山巧立名目，又成立了息讼会。不论怎样改，在李家庄只是旧规添上新规，在说理方面，只是烙饼增加了几份——除社首、事主、证人、帮忙以外，再加上村长副、闾邻长、调解员等每人一份。

到了晌午，饼也烙成了，人也都来了，有个社首叫小毛的，先给大家派烙饼——修德堂东家李如珍是村长又是社首，李春喜是教员又是事主，照例是两份，其余凡是顶两个名目的也都照例是两份，只有一个名目的照例是一份。不过也有不同，像老宋，他虽然也是村警兼庙管，却照例又只能得一份。小毛自己虽是一份，可是村长照例只吃一碗鸡蛋炒过的，其余照例是小毛拿回去了。照例还得余三两份，因为怕半路来了什么照例该吃空份子的人。

吃过了饼，桌子并起来了，村长坐在正位上，调解员是福顺昌掌柜王安福，靠着村长坐下，其余的人也都依次坐下。小毛说："开腔吧，先生！你的原告，你先说！"

春喜说："好，我就先说！"说着把椅子往前一挪，两只手互相把袖口往上一捋，把脊梁骨挺得直撅撅地说道："张铁锁的南墙外有我一个破茅厕……"

铁锁插嘴道："你的？"

李如珍喝道："干什么？一点规矩也不懂！问你时候你再说！"回头又用嘴指了指春喜："说吧！"

春喜接着道："茅厕旁边有棵小桑树，每年的桑叶简直轮不着我自己摘，一出来芽就有人摘了。昨天太阳快落的时候，我家里去这桑树下摘叶，张铁锁女人说是偷他们的桑叶，硬拦住不叫走，恰好我放学回去碰上，说了她几句，她才算丢开手。本来我想去找张铁锁，叫他管教他女人，后来一想，一些小事走开算了，何必跟她一般计较，因此也没有去找他。今天早上我一出门，看见桑树不在了，我就先去找铁锁。一进门我说：'铁锁！谁把茅厕边那小桑树砍了？'他老婆说：'我！'我说：'你为什么砍我的桑树？'她说：'你的？你去打听打听是谁的！'我想我的东西还要去打听别人？因此我就打了钟，来请大家给我问问他。我说完了，叫他说吧！看他指什么砍树。"

李如珍用嘴指了一下铁锁："张铁锁！你说吧！你为什么砍人家的树？"

铁锁道："怎么你也说是他的树？"

李如珍道："我还没有问你你就先要问我啦是不是？你们这些外路人实在没有规矩！来了两三辈了还是不服教化！"

小毛也教训铁锁道："你说你的理就对了，为什么先要跟村长顶嘴？"

铁锁道："对对对，我说我的理：这棵桑树也不是我栽的，是它自己出的，不过长在我的茅厕墙边，总是我的吧？可是哪一年也轮不到我摘叶子，早早地就被人家偷光了……"

李如珍道："简单些！不要拉那么远！"

铁锁道："他拉得也不近！"

小毛道："又顶起来了！你是来说理来了呀，是来顶村长来了？"

铁锁道："你们为什么不叫我说话？"

福顺昌掌柜王安福道："算了算了！怨咱们说不了事情。我看双方的争执在这里，就是这茅厕究竟该属谁。我看这样子吧：耀唐！你说这茅厕是你的，你有什么凭据？"

春喜道："我那是祖业，还有什么凭据？"

王安福又向铁锁道："铁锁你啦？你有什么凭据？"

铁锁道："连院子带茅厕，都是他爷爷手卖给我爷爷的，我有契纸。"说着从怀里取出契纸来递给王安福。

大家都围拢着看契，李如珍却只看着春喜。

春喜道："大家看吧！看他契上是一个茅厕呀，是两个茅厕！"

铁锁道："那上边自然是一个！俺如今用的那个，谁不知道是俺爹新打的？"

李如珍道："不是凭你的嘴硬啦！你记得记不得？"

铁锁道："那是三十年前的事，我现在才二十岁，自然记不得。可是村里上年纪的人多啦！咱们请出几位来打听一下！"

李如珍道："怕你嘴硬啦？还用请人？我倒五十多了，可是我就记不得！"

小毛道："我也四十多了，自我记事，那里就是两个茅厕！"

铁锁道："小毛叔！咱们说话都要凭良心呀！"

李如珍翻起白眼向铁锁道："照你说是大家打伙讹你啦，是不是？"

铁锁知道李如珍快撒野了，心里有点慌，只得说道："那我也不敢那么说！"

窗外有个女人抢着叫道："为什么不敢说？就是打伙讹人啦！"只见铁锁的老婆二妞当当当跑进来，一手抱着个孩子，一手指画着，大声说道："你们五十多的记不得，四十多的记得就是两个茅厕，难道村里再没有上年纪的人，就丢下你们两个了？……"

李如珍把桌子一拍道："混蛋！这样无法无天的东西！滚出去！老宋！撵出她！"

二妞道："撵我呀！贼是我捉的，树也是我砍的，为什么不叫我说话？"

李如珍道："叫你来没有？"

二妞道："你们为什么不叫我？哪有这说理不叫正头事主的？"

小毛道："家有千口，主事一人。有你男人在场，叫你做什么？走吧走吧！"说着就往外推她。

二妞把小毛的手一拨道："不行！不是凭你的力气大啦！贼是我捉的，树是我砍的！谁杀人谁偿命！该犯什么罪我都领，不要连累了我的男人。"

在窗外听话的人越挤越多，都暗暗点头，还有些人交头接耳说："二妞说话把得住理！"

正议论间，又从庙门外走进个人来，有二十多岁年纪，披着一头短发，穿了件青缎夹马褂，手里提了根藤条手杖。人们一见他，跟走路碰上蛇一样，不约而同都吸了一口冷气，给他让开了一条路。这人叫小喜，官名叫继唐，也是李如珍的本家侄子，当年也是中学毕业，后来吸上了金丹，就常和邻近的光棍们来往，当人贩、卖寡妇、贩金丹、挑词讼……无所不为，这时又投上三爷的门子，因为三爷是阎锡山的秘书长的堂弟，小喜抱上这条粗腿，更是威风凛凛，无人不怕。他一进去，正碰着二妞说话，便对二妞发话道："什么东西唧唧喳喳的！"

除了村长是小喜的叔父，别的人都站起来赔着笑脸招呼小喜，可是二妞偏不挨他的骂，就顶他道："你管得着？你是公所的什么人？谁请的你？……"

二姐话没落音，小喜劈头就是一棍道："滚你妈的远远的！反了你！草灰羔子！"

小毛拦道："继唐！不要跟她一般计较！"又向二姐道："你还不快走？"

二姐并不哭，也不走，挺起胸膛向小喜道："你杀了我吧！"

小喜抢转棍子狠狠地又在二姐背上打了两棍道："杀了你又有什么事？"把小孩子的胳膊也打痛了，小孩子大哭起来。

窗外边的人见势头不对，跑进去把二姐拉出来了。二姐仍不服软，仍回头向里边道："只有你们活的了！外来户还有命啦？"别的人低声劝道："少说上句吧！这时候还说什么理？你还占得了他的便宜呀？"

村长在里边发话道："闲人一概出去！都在外边乱什么？"

小毛子揭起帘子道："你们就没有看见庙门上的虎头牌吗？'公所重地，闲人免进。'你们乱什么？出去！"

窗外的人们也只得掩护二姐走出去。

小毛见众人退出，赶紧回头招呼小喜："歇歇，继唐！老宋！饼还热不热了？"

老宋端过一盘烙饼来道："放在火边来，还不很冷！"说着很小心地放在小喜跟前。

小喜也不谦让，抓起饼子吃着，连吃带说："我才从三爷那里回来。三爷托我给他买一张好条几，不知道村里有

没有？"

小毛道："回头打听一下看吧，也许有！"

李如珍道："三爷那里很忙吗？"

"忙，"小喜嘴里嚼着饼子，连连点头说，"事情实在多！三爷也是不想管，可是大家找得不行！凡是县政府管不了的事，差不多都找到三爷那里去了。"老宋又端着汤来，小喜接过来喝了两口，忽然看见铁锁，就放下碗向铁锁道："铁锁！你那女人你可得好好管教管教啦！你看那像个什么样子？唧唧喳喳，一点也不识羞！就不怕别人笑话？"

铁锁想："打了我老婆，还要来教训我，这成什么世界？"可是势头不对，说不得理，也只好不作声。

停了一会，小喜的汤也快喝完了，饼子还没有吃到三分之一。福顺昌掌柜王安福向大家提道："咱们还是说正事吧！"

小喜站起来道："你们说吧！我也摸不着，我还要给三爷买条几去！"

小毛道："吃了再去吧！"

小喜把盘里的饼一卷，捏在手里道："好，我就拿上！"说罢，拿着饼子，提起他的藤条手杖，匆匆忙忙地走了。

王安福接着道："铁锁！你说你现在用的那个茅厕是你父亲后来打的，能找下证人不能？"

铁锁道："怎么不能？你怕俺邻家陈修福老汉记不得啦？"

春喜道："他不行！一来他跟你都是林县人，再者他是你女人的爷爷，是你的老丈爷，那还不是只替你说话？"

铁锁道："咱就不找他！找杨三奎吧？那可是本地人！"

春喜道："那也不行！白狗是你的小舅，定的是杨三奎的闺女，那也有亲戚关系。"

铁锁道："这你难不住我！咱村的老年人多啦！"随手指老宋道："老宋也五六十岁了，跟我没有什么亲戚关系吧？"

小毛拦道："老宋他是个穷看庙的，他知道什么？你叫他说说他敢当证人不敢？老宋！你知道不知道？"

老宋自然记得，可是他若说句公道话，这个庙就住不成了，因此他只好推开："咱从小是个穷人，一天只顾弄着吃，什么闲事也不留心。"

李如珍道："有契就凭契！契上写一个不能要人家两个，还要找什么证人？村里老年人虽然多，人家谁也不是给你管家务的！"

小毛道："是这样吧！我看咱们还是背场谈谈吧！这样子结不住口。"

大家似乎同意，有些人就漫散开来交换意见。小毛跟村长跟春喜互相捏弄了一会手码，王安福也跟间邻长们谈了一谈事情的真相。后来小毛走到王安福跟前道："这样吧！他们的意思，叫铁锁包赔出这么个钱来！"说着把袖口对住王安福的袖口一捏，接着道："你看怎么样？"

王安福悄悄道："说真理，他们卖给人家就是这个茅厕呀！人家用的那一个，真是他爹老张木匠在世时候打的。我想这你也该记得！"

小毛道："那不论记得不记得，那样顶真，得罪的人就多了。你想：村长、春喜，意思都是叫他包赔几个钱。还有小喜，不说铁锁，我也惹不起人家呀！"

王安福没有答话，只是摇头。间邻长们也不敢作什么主张，都是看看王安福，看看村长，看看小毛，直到天黑也没说个结果，就都回家吃饭去了。

晚上，老宋又到各家叫人，福顺昌掌柜王安福说是病了，没有去。其余的人，也有去的，也有不去的。大家在庙里闷了一会，村长下了断语：茅厕是春喜的，铁锁砍了桑树包出二百块现洋来，吃烙饼和开会的费用都由铁锁担任，叫铁锁讨保出庙。

读 与 思

　　阅读全文，从哪些细节可以看出茅厕确实归属于铁锁家呢？从哪些细节可以看出参与"说理"的办公人员其实早已认定茅厕是春喜家的呢？手提藤条手杖霸气出场、匆忙离去的小喜在这场"说理"中扮演了怎样的角色呢？作者对其进行细致的描绘有何作用？线索人物老宋是个怎样的人呢？小说开篇以他作为开场人物，有何好处？

小二黑结婚（节选）

导读提示

　　若推选赵树理的短篇小说代表作，《小二黑结婚》绝对是不二选择。这篇出版于1943年的短篇小说，讲述了抗日战争时期根据地一对农村男女青年，勇敢追求爱情，努力冲破守旧家长和恶霸的阻挠，最终争取婚姻自主的故事。主人公小二黑和小芹是农村进步青年的代名词，而配角二诸葛和三仙姑也凭借各自标志性的形象与语言为读者所津津乐道。本选文为小说的开头部分，小说中主要人物逐一登场亮相。在选文中，读者不仅能感受到个性十足、鲜活的人物形象，还会被生动有趣的情节深深吸引。阅读时，注意体味作者将通俗性与艺术性相结合且富于表现力的语言。

一、神仙的忌讳

刘家峧有两个神仙，邻近各村无人不晓：一个是前庄上的二诸葛，一个是后庄上的三仙姑。二诸葛原来叫刘修德，当年做过生意，抬脚动手都要论一论阴阳八卦、看一看黄道黑道。三仙姑是后庄于福的老婆，每月初一、十五都要顶着红布摇摇摆摆装扮天神。

二诸葛忌讳"不宜栽种"，三仙姑忌讳"米烂了"。这里边有两个小故事：有一年春天大旱，直到阴历五月初三才下了四指雨。初四那天大家都抢着种地，二诸葛看了看历书，又掐指算了一下说:"今日不宜栽种。"初五日是端午,他历年就不在端午这天做什么,又不曾种;初六倒是个黄道吉日,可惜地干了,虽然勉强把他的四亩谷子种上了,却没有出够一半。后来直到十五才又下雨,别人家都在地里锄苗,二诸葛却领着两个孩子在地里补空子。邻家有个后生,吃饭时候在街上碰上二诸葛便问道:"老汉!今天宜栽种不宜?"二诸葛翻了他一眼,扭转头返回去了,大家就嘻嘻哈哈传为笑谈。

三仙姑有个女孩叫小芹。一天,金旺他爹到三仙姑那里问病,三仙姑坐在香案后唱,金旺他爹跪在香案前听,小芹那年才九岁,晌午做捞饭,把米下进锅里了,听见她娘哼哼得很中听,站在桌前听了一会,把做饭也忘。一会,金旺他爹出去小便,三仙姑趁空子向小芹说:"快去捞饭!米烂了!"这句话却不料就叫金旺他爹听见,回去就传开了。后来有些好玩笑的人,见了三仙姑就故意问别人:"米烂了没有?"

二、三仙姑的来历

三仙姑下神,足足有三十年了。那时三仙姑才十五岁,刚刚嫁给于福,是前后庄上第一个俊俏媳妇。于福是个老实后生,不多说一句话,只会在地里死受。于福的娘早死了,只有个爹,父子两个一上了地,家里就只留下新媳妇一个人。村里的年轻人们觉着新媳妇太孤单,就慢慢自动地来跟新媳妇做伴，不几天就集合了一大群，每天嘻嘻哈哈，十分红火。于福他爹看见不像个样子，有一天发了脾气，大骂一顿，虽然把外人挡住了，新媳妇却跟他闹起来。新媳妇哭了一天一夜，头也不梳，脸也不洗，饭也不吃，躺在炕上，谁也叫不起来，父子两个没了办法。邻家有个老婆替她请了一个神婆子，在她家下了一回神，说是三仙姑跟上她了，她也哼哼唧唧自称吾神长吾神短，从此以后每月初一十五就下起神来，别人也给她烧起香来求财问病，三仙姑的香案便从此设起来了。

青年们到三仙姑那里去，要说是去问神，还不如说是去看圣像。三仙姑也暗暗猜透大家的心事，衣服穿得更新鲜，头发梳得更光滑，首饰擦得更明，官粉搽得更匀，不由青年们不跟着她转来转去。

这是三十来年前的事。当时的青年，如今都已留下胡子，家里大半又都是子媳成群，所以除了几个老光棍，差不多都没有那些闲情到三仙姑那里去了。三仙姑却和大家不同，虽然已经四十五岁，却偏爱当个老来俏，小鞋上仍要绣花，裤腿上仍要镶边，顶门上的头发脱光了，用黑手帕盖起来，只可惜官粉涂不平脸上的皱纹，看起来好像驴粪蛋上下上了霜。

老相好都不来了，几个老光棍不能叫三仙姑满意，三仙姑又团结了一伙孩子们，比当年的老相好更多、更俏皮。

三仙姑有什么本领能团结这伙青年呢？这秘密在她女儿小芹身上。

三、小芹

三仙姑前后共生过六个孩子，就有五个没有成人，只落了一个女儿，名叫小芹。小芹当两三岁时候，就非常伶俐乖巧，三仙姑的老相好们，这个抱过来说是"我的"，那个抱起来说是"我的"，后来小芹长到五六岁，知道这不是好话，三仙姑教她说："谁再这么说，你就说'是你的姑姑'。"说了几回，果然没有人再提了。

小芹今年十八了，村里的轻薄人说，比她娘年轻时候好得多。青年小伙子们，有事没事，总想跟小芹说句话。小芹去洗衣服，马上青年们也都去洗；小芹上树采野菜，马上青年们也都去采。

吃饭时候，邻居们端上碗爱到三仙姑那里坐一会，前庄上的人来回一里路，也并不觉得远。这已经是三十年来的老规矩，不过小青年们也这样热心，却是近二三年来才有的事。三仙姑起先还以为自己仍有勾引青年的本领，日子长了，青年们并不真正跟她接近，她才慢慢看出门道来，才知道人家来了为的是小芹。

不过小芹却不跟三仙姑

一样：表面上虽然也跟大家说说笑笑，实际上却不跟人乱来，近二三年，只是跟小二黑好一点。前年夏天，有一天前响，于福去地，三仙姑去串门，家里只留下小芹一个人，金旺来了，嬉皮笑脸向小芹说："这会可算是个空子吧？"小芹板起脸来说："金旺哥！咱们以后说话要规矩些！你也是婆媳妇大汉了！"金旺撇撇嘴说："咦！装什么假正经？小二黑一来管保你就软了！有便宜大家讨开点，没事；要正经除非自己锅底没有黑！"说着就拉住小芹的胳膊悄悄说："不用装模作样了！"不料小芹大声喊道："金旺！"金旺赶紧放手跑出来。一边还咄念道："等得住你！"说着就悄悄溜走了。

四、金旺弟兄

提起金旺来，刘家峻没有人不恨他，只有他一个本家兄弟名叫兴旺跟他对劲。

金旺他爹虽是个庄稼人，却是刘家峻一只虎，当过几十年老社首，捆人打人是他的拿手好戏。金旺长到十七八岁，就成了他爹的好帮手，兴旺也学会了帮虎吃食，从此金旺他爹想要捆谁，就不用亲自动手，只要下个命令，自有金旺兴旺代办。

抗战初年，汉奸敌探溃兵土匪到处横行，那时金旺他爹已经死了，金旺兴旺弟兄两个，给一支溃兵做了内线工作，引路绑票，讲价赎人，又做巫婆又做鬼，两头出面装好人，后来八路军来，打垮溃兵土匪，他两人才又回到刘家峻。

山里人本来就胆子小，经过几个月大混乱，死了许多人，弄得大家更不敢出头了。别的大村子都成立了村公所、各救会、武委会，刘家峻却除了县府派来一个村长以外，谁也不愿意当干部。不久，县里派人来刘家峻工作，要选举村干部，金旺跟兴旺两个人看出这又是掌权的机会，大家也巴不得有人愿干，就把兴旺选为武委会主任，把金旺选为村政委员，连金旺老婆也被选为妇救会主席，其他各干部，硬捏了几个老头子出来充数。只有青抗先队长，老头子充不得。兴旺看见小二黑这个小孩子漂亮好玩，随便提了一下名就通过了，他爹二诸葛虽然不愿，可是惹不起金旺，也没有敢说什么。

村长是外来的，对村里情形不十分了解，从此金旺兴旺比前更厉害了，只要瞒住村长一个人，村里人不论哪个都得由他两个调遣。这几年来，村里别的干部虽然调换了几个，而他两个却好像铁桶江山。大家对他两个虽是恨得入骨，可是谁也不敢说半句话，都恐怕扳不倒他们，自己吃亏。

五、小二黑

小二黑，是二诸葛的二小子，有一次反扫荡打死过两个敌人，曾得到特等射手的奖励。说到他的漂亮，那不只在刘家峻有名，每年正月扮故事，不论去到哪一村，妇女们的眼睛都跟着他转。

小二黑没有上过学，只是跟着他爹识了几个字。当他六岁时候，他爹就教他识字。识字课本既不是五经四书，也不是常识国语，而是从天干、地支、五行、八卦、六十四卦名等学起，进一步便学些《百中经》《玉匣记》《增删卜易》《麻衣神相》《奇门遁甲》《阴阳宅》等书。小二黑从小就聪明，像那些算属相、卜六壬课、念大小流年或"甲子乙丑海中金"等口诀，不几天就都弄熟了，二诸葛也常把他引在人前卖弄。因为他长得伶俐可爱，大人们也都爱跟他玩；这个说："二黑，算一算十岁属什么！"那个说："二黑，给我卜一课！"后来二诸葛因为说"不宜栽种"误了种地，老婆也埋怨，大黑也埋怨，庄上人也都传为笑谈，小二黑也跟着这事受了许多奚落。那时候小二黑十三岁，已经懂得好歹了，可是大人们仍把他当成小孩来玩弄，好跟二诸葛开玩笑的，一到了家，常好对着二诸葛问小二黑道："二黑！算算今天宜不宜栽种？"和小二黑年纪相仿的孩子们，一跟小二黑生了气，就连声喊道："不宜栽种不宜栽种……"小二黑因为这事，好几个月见了人躲着走，从此就和他娘商量成一气，再不信他爹的鬼八卦。

小二黑跟小芹相好已经二三年了。那时候他才十六七，原不过在冬天夜长时候，跟着些闲人到三仙姑那里凑热闹，后来跟小芹混熟了，好像是一天不见面也不能行。后庄上也有人愿意给小二黑跟小芹做媒人，二诸葛不愿意，不愿意的理由有三：第一小二黑是金命，小芹是火命，恐怕火克金；第二小芹生在十月，是个犯月；第三是三仙姑的声名不好。恰巧在这时候彰德府来了一伙难民，其中有个老李带来个八九岁的小姑娘，因为没有吃的，愿意把姑娘送给人家逃个活命。二诸葛说是个便宜，先问了一下生辰八字，掐算了半天说："千里姻缘使线牵。"就替小二黑收作童养媳。

虽然二诸葛说是千合适万合适，小二黑却不认账。父子俩吵了几天，二诸葛非养不行，小二黑说："你愿意养你就养着，反正我不要！"结果虽把小姑娘留下了，却到底没有说清楚算什么关系。

读与思

现代社会自由恋爱婚姻自主普遍且常见，而在小二黑和小芹所处的年代，他们要追求自由恋爱和婚姻自主将会面临哪些阻力呢？二诸葛和三仙姑是小二黑和小芹婚姻自主之路的"拦路虎"。对于这两个可笑又可悲的角色，你是怎样评价的呢？依据选文，猜测一下故事情节的后续发展。最后，找到整篇小说来阅读，了解每个人物最后的归宿。

有才窑里的晚会

导读提示

快板是中国传统说唱艺术，是老百姓喜闻乐见的艺术形式。作快板时说的话，被称为“板话”，说快板的人被称为“板人”。《李有才板话》由赵树理创作，讲述了抗战时期“板人”李有才以“快板诗”为武器，智斗恶霸地主取得胜利的故事。本篇小说叙事中穿插快板，艺术表现形式巧妙活泼；事件中人物群像塑造得生动而各具特色；快板语言精练顺口，风趣逗乐。小说共十章，本章《有才窑里的晚会》是原著的第二章。在本章，作者交代了李有才窑洞的环境，引出了李有才板话的听众——小字辈，介绍了李有才板话的创作源泉——阎家山的大小事。

李有才住的一孔土窑，说也好笑，三面看来有三变：门朝南开，靠西墙正中有个炕，炕的两头还都留着五尺长短的地面。前边靠门这一头，盘了个小灶，还摆着些水缸、菜瓮、锅、匙、碗、碟；靠后墙摆着些筐子、箩头，里面装的是村里人送给他的核桃、柿子（因为他是看庄稼的，大家才给他送这些）；正炕后墙上，就炕那么高，打了个半截套窑，可以铺半条席子：因此你要一进门看正面，好像个小山果店；扭转头看西边，好像石菩萨的神龛；回头来看窗下，又好像小村子里的小饭铺。

到了冷冻天气，有才好像一炉火——只要他一回来，爱取笑的人们就围到他这土窑里来闲谈，谈起话来也没有什么题目，扯到哪里算哪里。这年正月二十五日，有才吃罢晚饭，邻家的青年后生小福，领着他的表兄就开开门走进来。有才见有人来了，就点起墙上挂的麻油灯。小福先向他表兄介绍道："这就是我们这里的有才叔！"有才在套窑里坐着，先让他们坐到炕上，就向小福道："这是哪里的客？"小福道："是我表兄！柿子洼的！"他表兄虽然年轻，却很精干，就谦虚道："不算客，不算客！我是十六晚上在这里看戏，见你老叔唱焦光普唱得那样好，想来领领教！"有才笑了一笑又问道："你村的戏今年怎么不唱了？"小福的表兄道："早了赁不下箱，明天才能唱！"有才见他说起唱戏，劲上来了，就不客气地讲起来。他讲："这焦光普，虽说是个丑，可是个大脚（角）色，唱就得唱出劲来！"说着就举起他的旱烟袋算马鞭子，下边虽然坐着，上边就抢打起来，一边抢着一边道："一出场：当当当当当令×令当令×令……当令×各拉打打当！"他煞住第一段家伙，正预备接着打，门"啪"一声开了，走进来个小顺，拿着两个软米糕道："慢着老叔！防备着把锣打破了！"说着走到炕边把胳膊往套窑里一展道："老叔！我爹请你尝尝我们的糕！"（阴历正月二十五，此地有个节叫"添仓"，吃黍米糕）有才一边接着一边谦让道："你们自己吃吧！今年煮的都不多！"说着接过去，随便让了让大家，就吃起来。小顺坐到炕上道："不多吧总不能像启昌老婆，过个添仓，派给人家小旦两个糕！"小福道："雇不起长工不雇吧，雇得起管不起吃？"有才道："启昌也还罢了，老婆不是东西！"小福的表兄问道："哪个小旦？就是唱国舅爷那个？"小福道："对！老得贵的孩子给启昌住长工。"小顺道："那么可比他爹那人强一百二十分！"有才道："那还用说？"小福的表兄悄悄问小福道："老得贵怎么？"他虽说得很低，却被小顺听见了，小顺道："那是有歌的！"接着就念道：

　　张得贵，真好汉，

　　跟着恒元舌头转：

　　恒元说个"长"，

　　得贵说"不短"；

　　恒元说个"方"，

　　得贵说"不圆"；

　　恒元说"砂锅能捣蒜"，

得贵就说"打不烂"；

恒元说"公鸡能下蛋"，

得贵就说"亲眼见"。

要干啥，就能干。

只要恒元嘴动弹！

他把这段快板念完，小福听惯了，不很笑。他表兄却嘻嘻哈哈笑个不了。

小顺道："你笑什么？得贵的好事多着哩？那是我们村里有名的吃烙饼干部。"小福的表兄道："还是干部啦？"小顺道："农会主席！官也不小。"小福的表兄道："怎么说是吃烙饼干部？"小顺说："这村跟别处不同：谁有个事到公所说说，先得十几斤面、五斤猪肉，在场的每人一斤面烙饼，一大碗菜，吃了才说理。得贵领一份烙饼，总得把每一张烙饼都挑过。"小福的表兄道："我们村里早二三年前说事就不兴吃喝了。"小顺道："人家哪一村也不兴了，就这村怪！这都是老恒元的古规。老恒元今天得个病死了，明天管保就吃不成了。"

正说着，又来了几个人：老秦（小福的爹）、小元、小明、小保。一进门，小元喊道："大事情！大事情！"有才忙道："什么？什么？"小明答道："老哥！喜富的村长撤差了！"小顺从炕上往地下一跳道："真的？再唱三天戏！"小福道："我也算数！"有才道："还有今天？我当他这饭碗是铁

箍箍住了！谁说的？"小元道："真的！章工作员来了，带着公事！"小福的表兄问小福道："你村人跟喜富的仇气就这么大？"小顺道："那也是有歌的：

> 一只虎，阎喜富，
> 吃吃喝喝有来路，
> 当过兵，卖过土，
> 又偷牲口又放赌，
> 当牙行，卖寡妇……
> 什么事情都敢做。
> 惹下他，防不住，
> 人人见了满招呼！

你看仇恨大不大？"

小福的表兄听罢才笑了一声，小明又拦住告诉他道："柿子洼客你是不知道！他念的那还是说从前，抗战以后这东西趁着兵荒马乱抢了个村长，就更了不得了，有恒元那老不死给他撑腰，就没有他干不出来的事，屁大点事弄到公所，也是桌面上吃饭，袖筒里过钱，钱淹不住心，说捆就捆，说打就打，说教谁倾家败产谁就没法治。逼得人家破了产，老恒元管'贱钱二百'，买房买地。老槐树底这些人，进了村公所，谁也不敢走到桌边。三天两头出款，谁敢问问人家派的是什么钱；人家姓阎的一年四季也不见走一回差，有差事都派到老槐树底，谁不是荒着地给人家支？……你是不知道，坏透了坏透了！"有才低声问道："为什么事撤了的？"小保道："这可还不知道，大概是县里调查出来的吧？"有才道："光撤了差放在村里还是大害，什么时候毁了他才能算干净，可不知道县里还办他不办？"小保道："只要把他弄下台，攻他的人可多啦！"

远远有人喊道："明天到庙里选村长啦，十八岁以上的人都得去……"一连声叫喊，声音越来越近，小福听出来了，便向大家道："是得贵！还听不懂他那贱嗓？"进来了，就是得贵。他一进来，除了有才是主人，随便打了个招呼，其余的人都没有说话，小福小顺彼此挤了挤眼。得贵道："这里倒热闹！省得我跑！明天选村长啦，凡年满十八岁者都去！"又把嗓子放得低低的："老村长的意思叫选广聚！谁不在这里，你们碰上告诉给他们一声！"说着抽身就走了。他才一出门，小顺抢着道："吃烙饼去吧！"小元道："吃屁吧！章工作员还在这里住着啦，饼恐怕烙不成！"老秦埋怨道："人家听见了！"小元道："怕什么？就是故意叫他听啦。"小保："他也学会打官腔了：'凡年满十八岁者'……"小顺道："还有'老村长的意思'。"小福道："假大头这回要变真大头啦呀！"小福的表兄问小福道："谁是假大头？"小顺抢着道："这也有歌：

刘广聚，假大头：

029

一心要当人物头，

抱粗腿，借势头，

拜认恒元干老头。

大小事，强出头，

说起话来歪着头。

从西头，到东头，

放不下广聚这颗头。

一念歌你就清楚了。"小福的表兄觉着很奇怪，也没有顾上笑，又问道："怎么你村有这么多的歌？"小顺道："提起西头的人来，没有一个没歌的，连那一个女人脸上有麻子都有歌。不只是人，每出一件新事，隔不了一天就有歌出来了。"又指着有才道："有我们这位老叔，你想听歌很容易！要多少有多少！"

小元道："我看咱们也不用管他'老村长的意思'不意思，明天偏给他放个冷炮，揽上一伙人选别人，偏不选广聚！"老秦道："不妥不妥，指望咱老槐树底人谁得罪得起老恒元？他

说选广聚就选广聚，瞎惹那些气有什么好处？"小元道："你这老汉也真见不得事！只怕柿叶掉下来碰破你的头，你不敢得罪人家，还不是照样替人家支差出款？"老秦这人有点古怪，只要年轻人一发脾气，他就不说话了。小保向小元道："你说得对，这一回真是该扭扭劲！要是再选上个广聚还不是仍出不了恒元老家伙的手吗？依我说咱们老槐树底的人这回就出出头，就是办不好也比搓在他们脚板底强得多！"小保这么一说，大家都同意，只是决定不了该选谁好。依小元说，小保就可以办；老陈觉得要是选小明，票数会更多一些；小明却说在大场面上说个话还是小元有两下子。李有才道："我说个公道话吧。要是选小明老弟，管保票数最多，可是他老弟恐怕不能办：他这人太好，太直，跟人家老恒元那伙人斗个什么事恐怕没有人家的心眼多。小保领过几年羊（就是当羊经理），在外边走的地方也不少，又能写能算，办倒没有什么办不了，只是他一家五六口子全靠他一个人吃饭，真也有点顾不上。依我说，小元可以办，小保可以帮他记一记账，写个什么公事……"这个意见大家赞成了。小保向大家道："要那样咱们出去给他活动活动！"小顺道："对！宣传宣传！"说着就都往外走。老秦着了急，叫住小福道："小福！你跟人家逞什么能！给我回去！"小顺拉着小福道："走吧走吧！"又回头向老秦道："不怕！丢了你小福我包赔！"说了就把小福拉上走了。老秦赶紧追出来连声喊叫，也没有叫住，只好领上外甥（小福的表兄）回去睡觉。

窑里丢下有才一个人，也就睡了。

读 与 思

本文中出现的人物众多，我们可以粗略将其分为"小字辈"和"老字辈"。阅读本文你可以看出主人公李有才对这两类人持怎样的看法呢？而"小字辈"与"老字辈"对李有才及他的板话又分别是怎样的态度呢？穿插在文章中的板话，对于小说情节的推动，起到了什么作用？

斗争大胜利

提示导读

◆◆◆

　　如果说《小二黑结婚》是赵树理的成名作，那《李有才板话》就是他的代表作。《李有才板话》以短短三万字的篇幅，写出了根据地一个乡村的政治风貌，真实而深刻地反映了当时农民的现实生活。相比于《小二黑结婚》，《李有才板话》塑造了更丰富的人物形象，小说中人物身份更多样，人物性格也更多元。在表现方式上，小说将快板这一民间文艺传统和现代小说技巧进行巧妙的结合，新颖生动，让读者印象深刻。这一形式的创新表现了作家赵树理的文学创作才能。《斗争大胜利》是《李有才板话》的第九章。当阎家山的农救会正式成立后，老恒元等人媚上欺下的丑陋嘴脸被拆穿，阎家山村委改选成功，村里领导旧貌换新颜，干部队伍风清气正。

自从老杨同志这天后晌碰了广聚一顿，晚上又把有才叫回，又取消张得贵的农会主席，就有许多人十分得意，暗暗道："试试！假大头也有不厉害的时候？"第二天早上，这些人都想看看老杨同志是怎么一个人，因此吃早饭时候，端着碗来老槐树底的特别多。有才应许下的新歌，夜里编成，一早起来就念给小顺了，小顺就把这歌传给大家。歌是这样念：

入了农救会，力量大几倍，

谁敢压迫咱，大家齐反对。

清算老恒元，从头算到尾；

黑钱要他赔，押地要他退；

减租要认真，一颗不许昧。

干部不是人，都叫他退位；

再不吃他亏，再不受他累。

办成这些事，痛快几百倍，

想要早成功，大家快入会！

提起反对老恒元，阎家山没有几个不赞成的，再说到能叫他赔黑款，退押地……大家的劲儿自然更大了，虽然也有许多怕得罪不起人家不敢出头的，可是仇恨太深，愿意干的究竟是多数。还有人说："只要能打倒他，我情愿再贴上几亩地！"他们听了这入会歌，马上就有二三十个入会的，小保就给他们写上了名。山窝铺的佃户们，无事不到村里来。老杨同志道："谁可以去组织他们？"有才道："这我可以去！我常在他们山上放牛，跟他们最熟。"打发有才上了山，小明就到村里去活动，不到晌午就介绍了五十五个会员。小明向老杨同志道："依我看来，凡是敢说敢干的，差不多都收进来了；还有些胆子小的，虽然也跟咱是一气，可是自己又不想出头，暂且还不愿参加。"老杨同志道："不少，不少！这么大个小村子，马上说话马上能组织起五十多个人来，在我作过工作的村子里，这还算第一次遇到。从这件事上看，可以看出一般人对他们仇恨太深，斗起来一定容易胜利！事情既然这么顺当，咱们晚上就可以开个成立大会，选举出干部，分开小组，明天就能干事。这村里这么多的问题，区上还不知道，我可以连夜回区上一次，请他们明天来参加群众大会。"正说着，有才回来了，有几家佃户也跟着来了。佃户们见了老杨同志，先问："要是生起气来，人家要夺地该怎么办？"老杨同志就把法令上的永佃权给他们讲了一遍，叫他们放心。小明道："山上人也来了，我看就可以趁着晌午开个会。"老杨同志道："这样更好！晌午开了会，赶天黑我还能回到区上。"小明道："这会咱们到什么地方开？"老杨同志道："介绍会员不叫他们知道，是怕那些坏家伙混进来；开成立大会可不跟他们偷偷摸摸，到大庙里成立去！"吃过了午饭，庙里的大会开了，选举的结果，小保、小明、小顺当了委员。三个人一分工，小保担任主席，小明担任组织，小顺担任宣传。选举完了，又分了小组，阎家山的农救会就算正式成立。

老杨同志向新干部们道："今天晚上，可以通知各小组，大家搜集老恒元的恶霸材料。"小顺道："我看连广聚、马凤鸣、张启昌、陈小元的材料都可以搜集。"老杨同志道："这不大妥当；马凤鸣、张启昌不是真心顾老恒元的人，照你昨天谈的，这两个人有时候也反对恒元。咱们着个跟他说得来的人去给他说明利害关系，至少斗起恒元来他两人能不说话。小元他原来是你们招呼起来的人，只要恒元一倒，还有法子叫他变过来。把这些人暂且除过，只把劲儿用在恒元跟广聚身上，成功要容易得多。"老杨同志把这道理说完，然后叫他们多布置几个能说会道的人，预备在第二天的大会上提意见。

安顿停当，老杨同志便回到区公所去。他到区上把在阎家山发现的问题大致一谈，区救联会、武委会主任、区长，大家都莫名其妙，章工作员三番五次说不是事实，最后还是区长说："咱们不敢主观主义，不要以为咱们没有发现问题就算没有问题。依我说咱们明天都可以去参加这个会去，要真有那么大问题，就是在事实上整了我们一次风。"

老恒元也生了些鬼办法：除了用家长资格拉了几户姓阎的，又打发得贵向农救会的个别会员们说："你不要跟着他们胡闹！他们这些工作人员，三天调了，五天换了，老村长是永远不离阎家山的，等他们走了，你还出得了老村长的手心吗？"果然有几个人听了这话，去找小明要退出农救会，小明急了，跟小保小顺们商议。小顺道："他会说咱也会说，咱们再请有才老叔编上个歌，多多写几张把村里贴满，吓他一吓！"有才编了个短歌，连编带写，小保也会写，小顺、小福管贴，不大一会就把事情办了，连老恒元门上也贴了几张。第二天早上，满街都有人在墙上念歌：

　　　　工作员，换不换，

　　　　农救会，永不散，

　　　　只要你恒元不说理，

　　　　几时也要跟你干！

这样才算把得贵的谣言压住。

吃过早饭，老杨同志跟区长、救联主席、武委会主任、章工作员一同来了，一来就先到老槐树底蹓了一趟，这一着是老恒元、广聚们没有料到的，因此马上慌了手脚。

群众大会开了，恒元的违法事实，大家一天也没有提完。起先提意见的还只是农救会人，后来不是农救会人也提起意见了。恒元最没法巧辩的是押地跟不实行减租，其余捆人、打人、罚钱、吃烙饼……他虽然想尽法子巧辩，只是证据太多，一条也辩不脱。

第二天仍然继续开会，直到晌午才算开完。斗争的结果老恒元把八十四亩押地全部退回原主，退出多收了的租，退出有证据的黑钱。因为私自减了喜富的赔款，刘广聚由区公所撤职送县查办。喜富的赔款仍然如数赔出。在斗争时候，自然不能十分痛快，像退押契，改租约……也费了很大周折，不过这种斗争，人们差不多都见过，不必细叙。

吃过午饭，又选村长。这次的村长选住了小保，因此农救会又补选了委员。因为斗争胜利，要求加入农救会的人更多起

来，经过了审查，又扩充了四十一个新会员。其余村政委员，除了马凤鸣跟张启昌不动外，老恒元父子也被大家罢免了另行选过。

选举完了，天也黑了，区干部连老杨同志都住在村公所，因为村里这么大问题章工作员一点也不知道，还常说老恒元是开明士绅，大家就批评了他一次，老杨同志指出他不会接近群众，一来了就跟恒元们打热闹，群众有了问题自然不敢说。其余的同志，也有说是"思想意识"问题或"思想方法"问题的，叫章同志作一番比较长期的反省。

批评结束了，大家又说起闲话，老杨同志顺便把李有才这个人介绍了一下，大家觉着这人很有趣，都说"明天早上去访一下"。

读 与 思

　　阅读后，细心的读者会发现在《斗争大胜利》这一章中，作者详细描写了斗争前的一系列准备，而略写了斗争的过程与结局。作者为什么会做这样的详略安排？这样的谋篇布局对于塑造人物形象起到了怎样的作用？和选文第二章《有才窑里的晚会》相比，李有才的板话在此章节中被赋予了什么新的使命呢？

从旗杆院说起

《三里湾》于1955年出版，是我国第一部反映农业合作化运动的优秀作品，真实而生动地反映了中国农村的伟大变革。整部小说共三十四章，"从旗杆院说起"是小说的楔子。赵树理通过介绍旗杆院易主与院子用途的变化交代了整个村子的历史和当时的政治形势，为人物的活动提供了历史背景，也为人物的出场做了铺垫。作者娓娓道来的叙述方式引人入胜，阅读时请注意感受。

　　三里湾的村东南角上，有前后相连的两院房子，叫"旗杆院"。

　　"旗杆"这东西现在已经不多了，有些地方的年轻人，恐怕就没有赶上看见过。这东西，说起来也很简单——用四个石墩子，每两个中间夹着一根高杆，竖在大门外的左右两边，名字虽说叫"旗杆"，实际上并不挂旗，不过在封建制度下壮一壮地主阶级的威风罢了。可是在那时候，这东西也不是哪家地主想竖就可以竖的，只有功名等级在"举人"以上的才可以竖。

三里湾的"举人"是刘家的祖先，至于离现在有多少年了，大家谁也记不得。有些人听汉奸刘老五说过，从刘家的家谱上查起来，从他本人往上数，"举人"比他长十一辈，可是这家谱，除了刘老五，刘家户下的人谁也没有见过，后来刘老五当了日军的维持会长，叫政府捉住枪毙了，别人也再无心去细查这事。六十多岁的王兴老汉说他听他爷爷说，从前旗杆院附近的半条街的房子都和旗杆院是一家的，门楣都很威风，不过现在除了旗杆院前院门上"文魁"二字的匾额和门前竖过旗杆的石墩子以外，再没有什么东西可以证明当日刘家出过"举人"了。

旗杆院的房子是三里湾的头等房子。在抗日战争以前，和旗杆院差不多的好房子，本来还有几处，可惜在抗日战争中日军来"扫荡"的时候都烧了，只有旗杆院这两个院子，因为日军每次来了自己要住，所以在刘老五死后也没有被他们烧过。在一九四二年枪毙了刘老五，县政府让村子里把这两院房子没收归村；没收之后，大部分做了村里公用的房子——村公所、武委会、小学、农民夜校、书报阅览室、俱乐部、供销社都设在这两个院子里，只有后院的西房和西北小房楼上下分配给一家干属住。这一家，男女都在外边当干部，通年不回家，只有一个六十多岁的妈妈留在家里。这位老太太因为年纪大、住在后院，年轻人都叫她"后院奶奶"。

三里湾是个模范村——工作开辟得早、干部多，而且干部的能力大、经验多。县里接受了什么新的中心工作，常好先到三里湾来试验——锄奸、减租减息、土改、互助，直到一九五一年试办农业生产合作社，都是先到这个村子里来试验的。每逢一种新的工作开始，各级干部都好到试验村取得经验，因此这个村子里常常住着些外来的干部。因为后院奶奶有闲房子，脾气又好，村干部常好把外来的干部介绍到她家里去住，好像她家里就是个外来干部招待所。

近几年来，旗杆院房子的用处有点调动：自从全国大解放以后，民兵集中的次数少了，武委会占的前院东房常常空着，一九五一年村里成立了个农业生产合作社，开会、算账都好借用这座房子，好像变成了合作社的办公室。可是在秋夏天收割的时候，民兵还要轮班集中一小部分来看护地里、场

上的粮食；这时候也正是合作社忙着算分配账的时候，在房子问题上仍然有冲突；好在乡村里的小学、民校都是在收秋收夏时候放假的，民兵便临时到对过小学教室里去住。到一九五二年，到处搞扫盲运动，县里文教科急于完成扫盲工作，过左地规定收秋不放假，房子又成了问题，后来大家商量了个解决的办法是吃了晚饭上一会课，下了课教室还归民兵用。

读 与 思

　　从三里湾村聚焦到旗杆院的历史与现状，进而用旗杆院的用途冲突引出三里湾村的人物及人物间的矛盾，本文集中展现了小说三要素之———环境。通过对文中环境的介绍，你对于当时的社会背景有怎样的认识呢？三里湾村又是一个什么样的村子呢？

万宝全

提示导读

小说《三里湾》共三十四章,《万宝全》是小说的第二章。在本章中,赵树理用线索人物玉梅,带出了其全家主要人物——父亲"万宝全",大哥大嫂金生夫妇,二哥二嫂玉生夫妇。作者又通过"万宝全"带出人物王申"使不得"及其家人。作者详细描写了"万宝全"与"使不得"两人打铁的画面,运用人物语言描写与动作描写集中表现人物心理,突出了人物形象。尤为称道的是作者对于人物之间的对话描写,这些描写不仅符合人物各自身份与性格特点,也推动着情节的发展,为后面章节人物的出场埋下伏笔。

玉梅离开了旗杆院的大门口往家里走,通过了一条东西街,上了个小坡,便到了她自己的家门口。她的家靠着西山根,大门朝东开,院子是个长条形,南北长东西短;西边是就着土崖挖成的一排四孔土窑,门面和窑孔里又都是用砖镶过的；南边有个小三间南房，从前喂过驴，自从本年春天把驴入了合作社，这房子就闲起来，最近因为玉梅的二哥玉生和她大哥金生分了家，临时在里边做饭；北边也有个小三间，原来是厨房，现在还是厨房；东边，大门在中间，大门的南北各有一座小房，因为房间太浅，不好住人，只是用它囤一囤粮食，放一放农具、家具。西边这四孔窑，从南往北数，第一孔叫"南窑"，住的是玉生和他媳妇袁小俊；第二孔叫"中窑"，金生两口子和他们的三个孩子住在里边；第三孔叫"北窑"，他们的父亲母亲住在里边；第四孔叫"套窑"，只有个大窗户，没有通外边的门，和北窑走的是一个门，进了北窑再进一个小门才能到里边，玉梅就住在这个套窑里。

玉梅刚走到大门外，听见里边"踢通踢通"响，她想一定是她爹和她二哥打铁；赶走进大门来，看见北边厨房里的窗一亮一亮的，果然是打铁，便走到厨房里去看热闹。这时候厨房里已经有五个人，不过和她爹打铁的不是她二哥，是她一个本家伯伯名叫王申，其余是她大哥的三个孩子——大的七岁，是女的，叫青苗；二的五岁，男的，叫黎明；三的三岁，也是男的，叫大胜。

这两位老人家，是三里湾两个能人。玉梅爹叫王宝全，外号"万宝全"，年轻时候给刘老五家当过长工，在那时候学会了赶骡子，学会了种园；他什么匠人也不是，可是木匠、铁匠、石匠……差不多什么匠人的活儿也能下手。王申也是个心灵手巧的人，和万宝全差不多，不过他家是老中农，十五亩地种了两辈子，也没有买过也没有卖过，直到现在还是那十五亩地。他一个人做惯了活，活儿做得又好，所以不愿和别人合伙，到活儿壅住了的时候，偶然雇个短工；人家做过的活儿，他总得再修理修理，一边修理着一边说"使不得，使不得"，因此人们给他送了个外号叫"使不得"。按做活儿说，在三里湾，使不得只赞成万宝全一个人，万宝全也很看重使不得，所以碰上个巧活儿，他们俩人常好合作。

他们俩人都爱用好器具。万宝全常说："家伙不得劲了，只想隔着院墙扔出去。"使不得要是借用别人的什么家伙，也是一边用着一边说"使不得，使不得"。动着匠人活儿，他们的器具都不全，不过他们会想些巧法子对付。像万宝全这会打铁用的器具，就有四件是对付用的：第一件是风箱，原是做饭用的半大风箱。第二件是火炉，是在一个破铁锅里糊了些泥做成的。第三件是砧，是一截树根上镶了个扁平的大秤坠子。第四件是小锤，是用个斧头来顶替的——所以打铁的响声不是"叮当叮当"而是"踢通踢通"。这些东西看起来不相称，用起来可也很得劲。

他们这次打的是石匠用的钻尖子。钻尖子这东西，就是真的石匠也是自己打的，不用铁匠打——因为每天用秃了，每天得打，找铁匠是要误事的。这东西用的铁，俗话叫锭铁，比普通用的钢铁软，可是比普通的熟铁硬（大概也是某种硬度的

钢铁，看样子也是机器

产品），买来就是大拇指粗细的

条子，只要打个尖、蘸一蘸火就能

用。每一次要打好几条，用秃了再打，直

用到不够长了才换新的。

　　玉梅见他们打的是钻尖，问他们断什么，宝全老汉说："洗场碌！"（"场碌"就是打粮食场上用的碌碡碌，"洗"是把大的石头去小的意思）玉梅问："为什么洗场碌？"王申老汉和她开玩笑说："因为不够大！""还能越洗越大？""你问你爹是不是！"玉梅又问宝全老汉："爹！是能越洗越大吗？"宝全老汉笑了。宝全老汉说："是倒也是，可惜你伯伯没有给你说全！'不够大'是说场碌在场上转的圈子不够大。咱们成立了合作社，把小场子并成大场子了，可是场碌原是小场上用的，只能转小圈子；强要它转大圈子，套绳就要擦磨牲口的右后腿，所以得洗一洗！"玉梅又问："洗一洗怎么就能转大圈子？"宝全老汉说："傻闺女！把大头洗小了，转的圈子不就大了吗？"玉梅笑了笑说："知道了！只洗一头啊！"王申老汉又和她开玩笑说："谁教你们成立合作社哩？要不是成立合作社，哪有这些事？"玉梅说："为了多打粮食呀！我说申伯伯！你怎么不参加我们的合作社？难道你不愿意多打粮食吗？"宝全老汉说："你伯伯的地每年都是数着垄种的。他还怕人家把他的垄沟种错了哩！"王申老汉向宝全老汉说："老弟！你说的对！咱老弟兄俩，再加上你玉生，怎么合作都行；要说别人呀，我实在不愿意跟他们搅在一块儿做活！"玉梅说："那你为什么还让接喜哥参加互助组？"王申老汉说："下滩那五亩由他去瞎撞，山上的十亩不许他乱搅！"玉梅说："你把人家分出去了吗？"宝全老汉说："他父子们是分地不分粮。你伯伯嫌人家做的活儿不好，可是打下粮食来他不嫌多！"王申老汉说："难道是我一个人要了？他不是也吃在里边？"……玉梅见这两个老汉斗起嘴来没有完，便又问宝全老汉说："我二哥上哪里去了？怎么不跟你来打铁来？"王申老汉说："你爹在这里当铁匠，他在南窑里当木匠哩！"玉梅问："又做什么木匠活？"王申老汉说："做场碌！""木匠怎么做场碌？""做木头场碌！你们合作社就有这些怪事！"玉梅又问宝全老汉说："爹！是吗？"宝全老汉又笑了。宝全老汉说："又和刚才一样！是倒也是，可惜你伯伯又没有给你说全！他做的是……"王申老汉指着火炉里的钻尖说："只顾说闲话，烧化了！"宝全老汉也不再说木头场碌的事，停了风箱拿起斧头，左手用钳子去夹那烧过了火的钻尖。玉梅见他顾不上再说了，就说："我自己到南窑看看去！"她正转身要往外走，宝全老汉夹出那条冒着白火花的钻尖来，放在砧上，先把斧头横放平了轻轻拍了一下。他虽然没有很用力，可是因为铁烧得过了火，火星溅得特别多。有个火星溅在三岁的大胜腿上，大胜"呀"的一声哭了，两个老汉赶紧停了手里的活去照顾孩子，玉梅也转回身来帮着他们查看烫了什么地方。王申老汉抱起大胜来说："小傻瓜！谁叫你光着腿来看打铁？"宝全老汉查明了大胜只是小腿上烫了个小红点，没有大关系，就向玉梅说："快给你大嫂抱回去吧！小腿上烫了个小红点，没有大关系，就向玉梅说："快给你大嫂抱回去吧！"玉梅接过大胜来才一出厨房门，金生媳妇就已经跑来了。金生媳妇一边从玉梅手里接住大胜，一边问玉梅说："烫了哪里？"玉梅说："不要紧，小腿上一点点，贴上一点膏药吧！"说着和金生媳妇相跟到中窑去给大胜贴膏药。

读 与 思

　　本篇开头部分的内容介绍了玉梅一家人，尝试用思维导图理清人物关系。"万宝全""使不得"这些有趣的外号对于塑造人物形象有何作用？除了对话描写，文中还有许多精彩的细节描写可以帮我们更全面、立体地感知人物，请你找到两处试做分析。

站得高、看得遍

提示导读

始终关注农民生活，擅于用文字展现农村风貌的赵树理在1953年至1954年完成了优秀长篇小说《三里湾》的创作。这部小说集中反映了我国初级农业生产合作社的发展过程，也是赵树理在新中国成立后最重要的著作。作者在小说的第十二章至第十五章描写了副区长张信和农业科何科长实地察看、了解三里湾全貌的内容。本文为第十五章，为了"站得高看得遍"，何科长和张信登上了"青龙背"山顶，站在高处，张信向何科长介绍了三里湾的地形特征、人们的生活情况等，最后两人聚焦到开渠计划和人物矛盾。此章为后文三里湾扩社、开渠的情节做足铺垫。

　　黄沙沟口的北岸上有一片杂树，从下边望上去，树干后边露出了几个屋檐角，在岸边上的槐树下睡着一头大花狗，听见下边有人走过去，抬头看了一眼又睡下去。张信向岸上指着给何科长介绍说："山地组的十几户人家就住在这里。他们都是上一辈子才来的外来户。沟里、山上的地都是他们开的，原来给刘家出租，到刘老五当了汉奸以后这地才归他们所有。"

　　这条路是通后山村的大路，从这沟口庄门前往西北，路基就渐渐高起来。何科长和张信说着走着，不知不觉就已经离开河沟走到半山腰里。张信指着前边说："顺着这条路一直往后走，恐怕到中午赶不回来，不如回过头来爬到这山上看看。这山叫'青龙背'，到了山顶，往西可以看到沟里，往东可以看到河滩，看罢了也不用再到这边来，从金生他们那窑脑上的一条路上就回

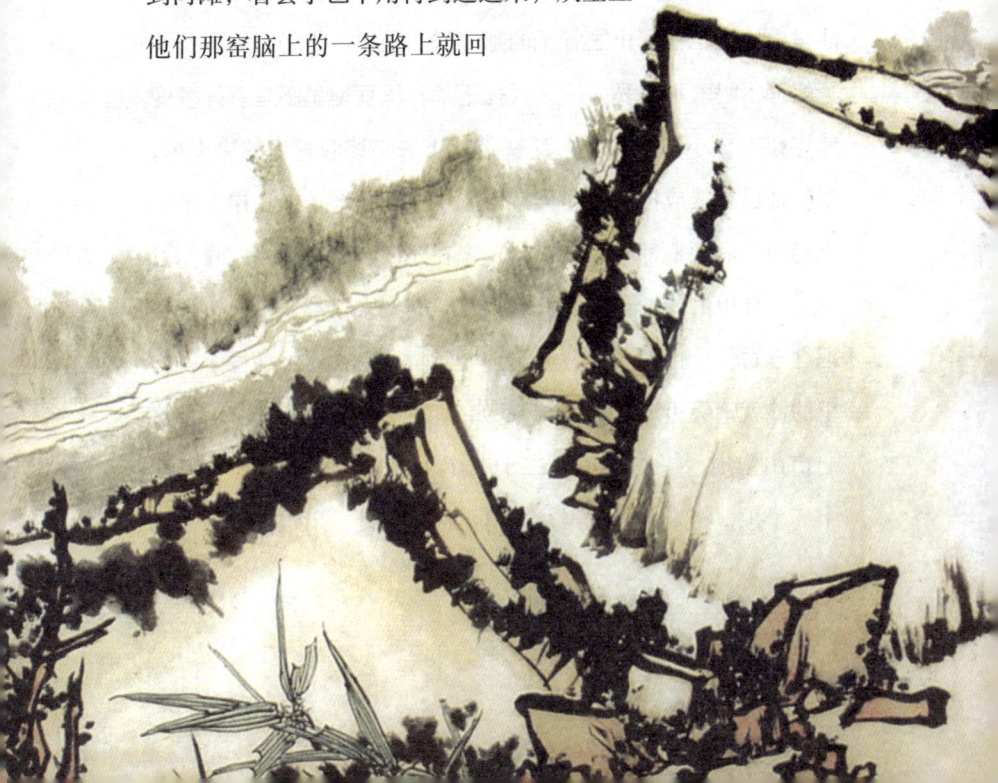

村去了。"何科长同意了。

快到山顶，听到牛铃"叮咚零咚"响着，红牛、黑牛散成一片，毛色光滑得发亮，正夹在荆棘丛里吃草。残废了一条胳膊的"牛倌"马如龙正坐在一块石头上吸旱烟，见他们上去了便向他们打招呼。张信向何科长说："让他给你介绍一下沟里的情况。他比我清楚得多。"他们走到马如龙跟前，马如龙让他们坐下，然后指着西边谈起沟里和山上的情况。

马如龙说："这一带山上和沟里，一共才有一百二十亩地，还有好多是沙陂，产量都不多。这里主要的出产是核桃和柿子，不过都是私人的——入社不带已经结果的果树。社的地里也养了果树，不过都还小。对面山头上不是有一群羊吗？"张信插话说："那羊也是社的。"马如龙接着说："那羊群南边的洼里山地组正在那里割谷子的那几块谷地里，不是有好多长黄了的柿子吗？那是私人的。再往下那一垛豆地里不是有好多像酸枣树一样小的小树吗？那就是社里去年移栽进去的黑枣树，今年都已经接成柿树了，再有四五年才能结柿子。沟岸上那些玉蜀黍地后堰根都有小核桃树，现在还没有玉蜀黍高，我们看不见。社里的计划是多多发展果树，等到大家都入了社，慢慢把这一百二十亩地一齐栽成树。"何科长说："对！那样子，沟里的沙就不会再流出去了。"马如龙说："还不止为那个：种这一亩山沟地，平均每年误二十二个工；种一亩河滩地，只误十二个工，将来开了水渠，全村再都入了社，用很少数的人管理果树，剩下来的人工一齐加到上下滩的两千多亩地上，增的产量要比种这一百二十亩地的产量多得多。"

何科长问马如龙放牛的工怎么算，马如龙说："我的工已经超出三百六十五天以外了。放一个牛一年顶二十个工，我放了二十一个，一共四百二十个工。"张信说："社里有好多活是这样包的——放牛、放羊、做粉、喂猪、担土垫圈……好多好多都是。"又谈了一会，何科长和张信就又往山顶的最高处去。

刚上到山顶，看见河对岸的东山；又往前走走，就看见东山根通南彻北的一条河从北边的山缝里钻出来，又钻进南边的山缝里去；河的西边，便是三里湾的滩地，一道没有水的黄沙沟把这滩地分成两段，沟北边的三分之一便是上滩，南边的三分之二便是下滩；上滩的西南角上，靠黄沙沟口的北边山根便是三里湾村，在将近晌午的太阳下看来，村里的房子，好像事先做好了一座一座摆在稀密不匀的杂树林下，摆成大大小小的院子一样。山顶离村子虽然还有一里多路，可是就连碾、磨、骡、驴、鸡、狗、大人、小孩……都能看得清清楚楚。

张信把何科长领到一株古柏树下坐了，慢慢给他说明上下滩的全面情况。他说："咱们坐的这地方地名叫'青龙背'。顺着这山一直往东北快到河边低下去那地方叫'龙脖上'。龙脖上北边那个弯到西边去的大沙滩叫'回龙湾'。龙脖上南边叫……"何科长说："哪来这么多的地名？叫人记也记不住！"

张信说："我说的都是大地名，每个大地名指的地方还有好多小地名——像从这青龙背往龙脖上走，中间就还要经过什么'柿树腰''羊圈门口''红土坡''刘家坟''山神庙'……他们这一带，不论在哪个村子里，地名似乎都要比人名还多，我乍来了也记不住，久了也就都熟悉了。"何科长说："我们家乡的地名可没有……唔！也不少，也不少！"说着便笑起来——因为他也想起了家乡农村里的一大串地名。接着他又问："你刚才说'龙'这个'龙'那个，那么哪里算龙头呢？"张信说："河这边的龙脖上不是越往河边越低，低到和河平了吗？那里的对岸，不是也有厚薄和这边差不多的一段薄石岸又高起去了吗？那也叫'龙脖上'。和那连着再往东北跟河这边的回龙湾相对的地方，不是有个好像和东山连不到一块的小山头吗？那地方就叫'青龙脑'。"何科长说："原来这条青龙是把头伸到河那边去了啊！那是三里湾以外的事了，我们还是谈三里湾吧！"张信说："不！这些都与三里湾有关系！三里湾计划要开的水渠，就得从青龙脑对过这边把水引到回龙湾

西边的山根下来。从那里到龙脖上的河床是整块的崖石，不过那里的水位比龙脖上高。只有从那里引水到三里湾的下滩才浇得着地。从回龙湾西边的山根下到龙脖上离河边四五十丈的地方不是插着一根木杆吗？就要从那地方凿个窟窿，把水引到上滩来——因为那里的石头最薄。"何科长说："看来也还有四五十丈厚。"张信说："已经挖着坑探过了四五十丈，只有三丈厚的石头，南边都是土。那里的南边不是有一条北边窄南边宽的狭长的地吗？地名叫'刀把上'。昨天晚上那位老太太向你告状说大家要占她的那块地，就是这刀把上最北头种玉黍蜀的那一小块。整个的上滩，像一把菜刀，那一带地就像刀把。刀把上往南，滩地不是就弯到西边来了吗？可是水渠不能靠着西山开——因为按滩地的地势说是西北高东南低，要从山根开，渠的最深处是一丈五；要从上滩中间斜着往村边开，最深处只是一丈，并且距离也短，能省好多土方。你从刀把上往村边看，不是不多远就竖着一根木杆吗？那就是水渠要经过的地方。渠开到村里，离地面只有尺把深了，再用水桥接过去，大渠的水便可以沿着下滩的西山根走，全部下滩地都可以浇到。"何科长问："上滩一点也浇不到吗？"张信说："从村边开一条小支渠向东北倒流回去，可以浇到靠河边南部的一部分。照玉生的计划，可以把下滩的水车调到刀把上南边的水渠上，七个水车一齐开动，可以把上滩的地完全浇到。"

何科长听完，看着地形琢磨了一下三里湾的开渠计划，觉着还不错——可以把三里湾的滩地完全变成水地。他又问张信说："照这样看来，大家的地都可以浇到，那么种上滩地的人为什么还有好多不同意的？"张信说："真正不同意的也只是马多寿和一两户个别户——最主要的还是马多寿。"何科长说："马多寿的地不是也可以浇到吗？"张信说："他的心眼儿比较多一点。你看！刀把上往南快到上滩中心那地方不是安着一台水车吗？那地方的地名叫'三十亩'，马多寿的地大部分在那一带，水车是他们的互助组贷款买的。名义上是互助组的水车，实际上浇得着的地，另外那四个户合起来也没有他一家的多，不论开渠不开渠，他已经可以种水地了。要是开渠的话，渠要从那个水车旁边经过，要把七个水车一齐架到那里，那样一来别的户就要入社，他就借用不上别的户的剩余劳动力了。叫他入社他又不肯——因为他的土地多，在互助组里用工资吸收别人的劳动力，实际上和雇工差不多。金生今天早上跟你谈话时候说过他有点剥削就是指这个。"何科长说："你估计开了渠，别的户入了社，剩下马多寿他会怎么样？"张信说："两个办法：一个是雇长工，再一个也许可能入社。"

这时候，已经是吃午饭的时候了，上下滩每条小路上的人都向村边流动；社的场上，宝全和玉生已经把石碌洗好回家去了，负责翻场的人已经提前吃了饭到场里来，用小木杈翻弄着场上晒着的谷穗；社里管牲口的老方，按照他的标准时间到金生媳妇磨面的磨上去卸驴。

　　何科长看见磨上似乎有一点争执，便问张信说："看那个磨边好像有点什么事故。"张信看了看说："就是有点事故，不过已经解决了。那两个女人，坐在地上罗面的是马多寿的三儿媳陈菊英，在左边那个磨盘上和一个小姑娘扫磨底的那是金生媳妇和他的女儿青苗，在没有卸的那盘磨旁边草地上蹲着玩的是陈菊英的小女孩子玲玲，卸了磨牵着驴子走了的是社里管牲口的老方。"何科长问："出了点什么事故？"张信说："其实也算不了事故：老方这个人名字叫马东方，因为他的性格是只能按规矩办事，一点也不能通融，所以人送他外号叫'老方'。社里有个规定：凡是用合作社牲口驾碾磨的，到了规定的时间一定得卸。老方就按那个时间办事——到了时间就是磨顶上只剩一把也不许再赶完。刚才可能是金生媳妇还没有赶完他就把驴子卸了——卸了也就没有事了。"何科长问："管牲口的也有个表吗？"张信说："没有！玉生给他发明了简单的表——用一根针钉在老方住的那间房子窗外边的窗台上的砖上，又把砖上刻了一条线，针的阴影完全到了线上就是卸磨的时候。""天阴下雨怎么办呢？""天阴下雨就没有人用碾磨。"何科长想了一下，自己先笑了。

　　何科长说："天也晌午了，咱们也看得差不多了，回村去吧！"两个人便从金生的窑顶上那条小山路上走下来。

读与思

　　小说中，通过张信与何科长的谈话，三里湾的自然环境与社会环境生动地展现在读者面前，这运用了什么表现手法？赵树理用细腻的文字描绘了怎样的一幅生活画卷？随着小说人物登上"青龙背"，乡村生活看得遍，《三里湾》的讲述也一下子开阔明朗起来。透过充满画面感的文字，你能感受到作家对于农村生活有怎样的情感态度吗？

怎样当上了村干部

《孟祥英翻身》是赵树理以劳动英雄孟祥英为原型创作的短篇小说。作者在采访了解孟祥英的英雄事迹后，完成了小说的创作。这部小说描写了旧社会贫苦妇女孟祥英勇敢反抗公婆、丈夫的重重欺压，积极加入中国共产党，并领导农村妇女翻身解放的故事。本文选自小说第四部分内容《怎样当上了村干部》。选文并没有对孟祥英进行正面介绍，而是主要着力于描写孟祥英的婆婆对儿媳当干部的诸多阻挠，借此引出村里的重要人物牛差差。透过孟祥英当上村干部的曲折艰难经历，我们不难想象当时社会对于女性的压榨与迫害。

一九四二年，第五专署有个工作员去西峧口协助工作，要选个妇救会主任，村里人提出孟祥英能当，都说："人家能说话！说话把得住理。"可是谁也不敢去向她婆婆商量。工作员说："我亲自去！"他一去就碰了个软钉子。孟祥英的婆婆说："她不行！她是个半吊子，干不了！"左说左不应，右说右不应，一个"干不了"顶到底。这位老太婆为什么这样抵死不让媳妇干呢？这与村里的牛差差（牛差差不是真名，是个已经回头的特务，因为他转变得还差，才叫他"差差"）有些关系。

当摩擦专家朱怀冰部队驻在这一带时候，牛差差在村里也是个了不起的人，后来朱怀冰垮了台，保长投了敌，他又到敌人那边跟保长接过两次头；四十军驻林县时，他也去跟人家拉过关系：真是个骑门两不绝的人物。他和孟祥英婆家关系很深。当年孟祥英的公公牛明师，因为造纸赔了钱，把地押出去了，没有地种，种了他五亩半地。他的老婆，当年轻时候，结交下的贵客也不比孟祥英的婆婆交得少，因为互相介绍朋友，两个女人也老早就成了朋友。牛差差既是桌面上的人物，又是牛明师的地主，两个人的老婆又是多年的老朋友，因此两家往来极密切，虽然每年打下粮食是三分归牛明师七分归牛差差，可是在牛明师老两口看来，能跟人家桌面上的人物交好，总还算件很体面的事。

自从朱怀冰垮了台，这地方的政权，名义上虽然属于咱们晋冀鲁豫边区，实际上因为"山高政府远"，老百姓的心，大部分还是跟着牛差差那伙人们的舌头转。牛差差隔几天说日本兵快来了，隔几天说四十军快来了，不论说谁来，总是要说八路军不行了。这话在孟祥英的公公牛明师听来，早就有点半信半疑：因为牛明师家里造纸，抗战以来纸卖不出去，八路军来了才又提倡恢复纸业，并且由公家来收买，大家才又造起来。牛明师自己造纸赚了许多钱，不上二年把押出去的地又都赎回来了。他见这二年来收买纸的都是八路军的人，以为八路军还不是真"不行"，可是一听到牛差差的谣言，他的念头就又转了，他想人家这"桌面上人"，说话一定是有根据的。孟祥英的公公对牛差差的话，虽然半信，却还有"半疑"，可是孟祥英的婆婆，便成了牛差差老婆的忠实信徒了。她不管纸卖给谁了，也不管地是怎样赎回来的。她的军师只有一个，就是牛差差老婆。牛差差老婆说"四十军快来了"，她以为不是明天是后天。牛差差老婆说"四十军来了要枪毙现在的村干部"，她想最好是先通知干部家里预备棺材。你想这样一个婆婆，怎么会赞成孟祥英当妇救会主任呢？

工作员说了半天，见人家左说左不应，右说右不应，一个"干不了"顶到底，年轻人沉不住气，便大声说："她干不了你就干！"这一手不想用对了：孟祥英的婆婆本来认为当村干部是件危险的事，早晚是要被四十军枪毙的。她不愿叫孟祥英干，要说是爱护媳妇，还不如说是怕连坐，所以才推三阻四，一听到工作员叫她自己干，她急了。她想媳妇干就算要连坐，也比自己亲身干了轻得多，轻重一比较，她的话就活套得多了："我不管，我不管！她干得了叫她干吧！"

工作员胜利了，孟祥英从此才当了妇救会主任。

读 与 思

　　平日往来极密切的两家，在打下粮食时却是"三分归牛明师七分归牛差差"，面对如此悬殊的分配，牛明师老两口却依然认为"能跟人家桌面上的人物交好，总还算件很体面的事"。你怎样评价牛明师老两口和牛差差的密切关系呢？

　　孟祥英当村干部的事情进展缓慢而曲折，最后竟然被年轻工作人员沉不住气的一句话给解决了，这样的结局出乎意料却又在情理之中。你是怎样理解的呢？

福贵（节选）

导读提示

赵树理在谈到创作短篇小说《福贵》的初衷时，曾说过"我所担心的一个问题是做农村工作的人怎样对待破产后流入下流社会那一层人的问题。这一层人在有些经过土改的村子还是被歧视的"。被誉为描写农村生活"铁笔圣手"的赵树理始终关注农村的改革，关心农民的命运。本文节选自小说《福贵》，体面的福贵只因婚丧大事欠了地主老万钱，于是被迫做了长工，他勤奋、要强、能干，但是欠钱却越来越多，最终赔了自家地，还沾染上了赌博的恶习。建议读者找来整篇小说阅读，并关注福贵的命运与他最终的结局。

三

小家人一共四亩地，没有别的指望，怕还不了老万的钱，来年就给老万住了半个长工。银花从两条小胳膊探不着纺花车时候就学纺花，如今虽然不过十六岁，却已学成了纺织好手。小两口子每天早上起来，谁也不用催谁，就各干各的去了。

老万一共雇了四个种地伙计，老领工伙计说还数福贵，什么活一说就通。老领工前十来年是好把式，如今老了，做起吃力活来抵不住福贵，不过人家可真是通家，福贵跟人家学了好多本领。

不幸因为上一年福贵办了婚丧大事，把家里的粮食用完了，这一年一上工就借粮，一直借到割麦。十月下工的时候，老万按春天的粮价一算，工钱就完了，净欠那三十块钱的利钱十块零八毛。三十块钱的文书倒成四十块，老万念其一来是本家，二来是东家伙计，让了八毛利。

福贵从此好像两腿插进沙窝里，越圪弹越深，第四年便滚到九十多块钱了。十月里算账，连工钱带自己四亩地余下的粮食一同抵给老万还不够。

这年正月初十，银花生了头一个孩子。银花娘家只有个嫂，正月天要在家招呼客人，不能来，福贵只好在家给她熬米汤。

粮食已经给老万顶了利，过了年就没吃的。银花才生了孩子，一顿米汤只用一把米，福贵自己不能跟她吃一锅饭，又不敢把熬米汤的升把米做稠饭吃，只好把银花米汤锅里剩下的米渣子喝两口算一顿。银花见他两天没吃饭，只喝一点米渣子，心疼得很，拉住他的胳膊直哭。

四

十四那一天，自乐班要在庙里唱戏，打发人来叫福贵。福贵这时候正饿得心慌，只好推辞道："小孩子才三四天，家里离不了人照应。"

白天对付过去了，晚上非他不行，打发人叫了几次没有叫来，叫别人顶他的角，台底下不要。有些人说："本村唱个戏他就拿这么大的架子！抬也得把他抬来！"

东屋婶在厢房楼上听见这话，连忙喊道："你们都不知道！不是人家孩子的架子大！人家家里没吃的。三四天没有吃饭，只喝人家媳妇点米渣渣，哪能给咱们唱？"东屋婶这么一喊叫，台上台下都乱说："他早不说？正月天谁还不能给他拿个馍？"东屋婶说："这孩子脸皮薄，该不是不想说那丢人话啦？我给人家送个馍人家还嫌不好意思啦！"老万在社房里说："再去叫吧！跟他说明，来了叫他到饭棚底吃几个油糕，社里出钱！"

问题是算解决了，社里也出几个钱，唱戏的朋友们也给他送几个馍，才供着他唱了这三天戏。

社里还有个规矩：每正月唱过戏，还给唱戏的人一些小费，不过也不多，一个人不过分上一两毛钱，福贵是个大把式，分给他三毛。

那时候还是旧社会，正月天村里断不了赌博。十七这一天前晌，他才从庙里分了三毛钱出来，一伙爱赌博的青年孩子们把他拦住，要跟他要要钱。他心里不净，急着要回去招呼银花，这些年轻人偏偏要留住他，有的说他撇不下老婆，有的说他舍不得三毛钱——话都说得不好听："三毛钱是你命？""不能给人家老婆攒体己？"说得他也不好意思走开，就跟大家跌起钱来。他是个巧人，忖得住手劲，当小孩子时候，到正月天也常跟别的孩子们耍，这几年日子过得不称心才不耍了。他跟这些年轻人跌了一会，就把他们赢干了，数了数赢够一块多钱。

五

回到家，银花说："老领工刚才来找你上工。他说正月十五也过了，今年春浅，掌柜说叫早些上工啦！"福贵说："住不住吧不是白受啦！咱给人家住半个，一月赚人家一块半；咱欠人家九十块，人家一月赚咱三块六，除给人家受了苦，见一月还得贴两块多。几时能贴到头？"银花说："不住不是贴得越多吗？"福贵说："省下些工担担挑挑还能寻个活钱。"银花说："寻来活钱不还是给人家寻吗？这日子真不能过了呀？"福贵说："早就不能过了，你才知道？"

他想住也是不能过，不住也是不能过，一样不能过，为什么一个活人叫他拴住？"且不给他住，先去籴二斗米再说！"主意一定，向银花说明，背了个口袋便往集上去。

打村头起一个光棍家门口过，听见有人跌钱，拐进去一看，还是昨天那些青年。有一人跑来拦住他道："你这人赌博真不老实！昨天为什么赢了就走，真不算人！"福贵说："你输干了，叫我跟你赌嘴？"说着就回头要走，这青年死不放，一手拉着他，一手拍着自己口袋里的铜元道："骗不了你！只要你有本事，还是你赢的！"

福贵走不了，就又跟他们跌了一会，也没有什么大输赢。这时候，外边来了个大光棍。挤到场上下了一块现洋的注，小青年谁也不敢叫他这一注，慢慢都抽了腿，只剩下四五个人。福贵正预备抽身走，刚才拉他那个青年又在他背后道："福贵！你只能捉弄我，碰上一个大把式就把你的戏煞了！"福贵最怕人说他做什么不如人，恹着气跌了一把，恰恰跌红了，杀过一块现洋来。那人又从大兜肚里掏出两块来下在注上叫他复。他又不好意思说注太大，硬着头皮复了一把，又杀了。那人起了火，又下了五块，他战战兢兢又跌了一把，跌了两个红一个皮，码钱转到别人手里。这时候，老领工又寻他上工，他说："迟迟再说吧！我还不定住不住啦！"那个青年站在福贵背后向老领工道："你不看这是什么时候？赢一把抵住受几个月，输一把抵住歇几个月，哪里还能看起那一月一块半工钱来？"老领工没有说什么走了。

隔了不大一会，一个小孩从门外跑进来叫道："快！老村长来抓赌来了！"一句话说得全场的人，不论赌的看的，五零四散跑了个光，赶老万走到院里，一个人也不见了。

晚上，福贵买米回来，老万打发领工叫他到家，好好教训了他一番，仍叫他给自己住。他说："住也可以，只要能借一年粮。"老万合算了一下："四亩地打下的粮不够给自己上利，再借下粮指什么还？不合算，不如另雇个人。"这样一算，便说："那就算了，不过去年的利还短七块，要不住就得拿出来！"福贵说："四亩地干脆缴你吧！我种反正也打得不够给你！"

就这么简单。迟了一两天，老万便叫伙计往这地里担粪。

福贵这几年才把地堰叠得齐齐整整的，如今给人家种上了，不看见不生气，再也不愿到地里去。可是地很近，一出门总要看见，因此常钻在赌场不出来，赌不赌总要去散散心。这样一来二去，赌场也离不了福贵，手不够就要来叫他配一配。

读 与 思

　　读者在感受小说主人公福贵的无奈无助时，思考一下造成他生活不幸的原因是什么？这样的不幸是不是可以避免呢？文中与"大光棍"赌博一幕描写精彩，作者这样写对于塑造福贵的形象起到了什么作用？那个青年说："赢一把抵住受几个月，输一把抵住歇几个月，哪里还能看起那一月一块半工钱来？"让前来催促福贵的老领工无话可说，这句话又引发了你怎样的思考呢？

催粮差

导读提示

这是一篇极具乡土特色的小说。小说的叙述语言与人物的对话大量使用具有地域色彩的口语，小说中刻画的人物如崔九孩、煎饼铺伙计、二先生、刘老汉、甲午等身上都具有浓郁的乡民特征。小说叙述了旧衙役的走狗崔九孩分别到有权有势的二先生家和穷苦农民孙甲午家催粮的故事，情节简单，结构清晰。《催粮差》塑造的人物不多，但每个出场的人物都个性鲜明，让人印象深刻。作者借由这个故事反映了封建乡村的世态人情，阅读时请注意体会作者对阶级不平等的讽刺与对劳苦农民的同情。

抗战以前，还没有咱们解放区这统一累进税制度，征收田赋，还是用前清的粮银制，俗话叫"完粮"，也叫"点粮"。每年两次，夏秋各一半。

每次开了征以后不几天，县政府就把未来完粮的户口，随便挑一些，写成一张单子，并且出一张拘人的票，把单子粘在后边，派个差人出来走一趟，俗话叫催粮。要从票上看起来，有些很厉害的话，什么"……拖延不缴，殊属玩忽，着即拘究……"好像是犯了什么了不起的大罪，不过除了一年只进两回城的乡下人，谁也知道这不过个样子，有势头的先生们根本不理；大村大镇的人们要是没有多走过衙门的，面生一点也不过管一顿饭或者送一顿饭钱，只有荒僻山庄，才能有一点油水。可是这种名单上写的都是前几辈子的死人名字，又查不出有没有山庄上的户口（在县政府的粮册上改个名字，要写推收帖子，还要花些小费，因此除了买卖田地外，上世人死了也不去改名字）。

县政府的司法警察，不欢迎这催粮的差使，因为比起人命、盗窃、烟赌……等刑事案件来，弄钱又不多，跑路又太多。别的票子发下来，你争我夺抢不到手；这催粮票子发了来，写到谁名下谁也推不出。

崔九孩当了一辈差（司法警察），在那年虽是五十多了可还能说能跑。有一次南乡的催粮差使派到他头上，他不想去——虽然能说能跑，可总得有点油水跑得才有劲——差使多了跑不过来，本来可以临时雇人；他虽不是跑不过来，可是不想去，好在有这雇人的例子，就雇个人吧！

他雇了煎饼铺里一个伙计。这人是从镇上来的，才到城里没有几天，虽说没有催过粮，可是见过别的差人到他家去催粮。他觉着这事也没有什么不好办——按单找户口、吃饭、要盘费。这有什么难办？他答应了，九孩就把票子、铁绳、锁子和自己的藤条手杖都交给他。

走路比卖煎饼还轻快，不慌不忙走了十五里，取出票来看看，眼前村子里有一户叫张天锡。他走进了村，到村公所一打听，村警说："催粮啦？张天锡是张局长的老爷爷，早就不在了。"他又问村警说："他住在哪一院？"村警说："在南头槐树底那黑漆大门里。去不去吧……"

听这口气，好像说"去也扯淡"。他又问："他家没有人？"村警说："二先生在家啦！"他听说有人，也就不再往下问。他想：不管几先生吧，票上有他的名字，他还能叫我空着走？主意一定，出了村公所，往二先生家里来。

到了村南头，找着了槐树，又找着黑漆大门，一进去就有个大白花狗叫起来。有个人正担着水在院里浇花，见他进去，便挡住狗问他是哪里来的。他说从城里来。那人又问："送信吗？"他说："不是！有个事啦！"

二先生在家里听见了，隔着窗问："什么事？"说着就到门边，揭开竹帘用手一点说："过来，我问问你！"他便走到门边。二先生问："说吧！什么事？是不是财政局打发你来的？"他说："不是！我是催粮的！"二先生问："催粮的？给我捎着信啦？"他说："没有！"二先生说："那你来做什么？"他说："票上有你的名字。"二先生看了看他，又问：

"你是新来的吧？"他说："是！"二先生摇了一下头，似乎笑了一笑说："去吧！我已经打发人点粮去了！"

他觉得奇怪了。他想：这先生怎么这样不讲面子？不给钱吧也不管顿饭？不管饭吧连屋子里也不叫进去坐坐？他还没有想完，二先生追他道："走吧！"说了就放下帘子把头缩回去。他生了气，就向着门里喊道："这是拘票啊！"二先生也生了气，隔着门叹气道："哪这么不通窍的差人来！"又揭开帘道："你叫什么名？"他更气极了："我拿着票找你找错了？"浇花那个人也赶上阶台，推了他一把道："你这人真不识高低！跟二先生说话还敢那么喊叫？"白花狗也夹搀在中间叫起来。

二先生这会可真生了气："我没有见过票，拿出来我看！"他在这种局面下，一时拿不定主意，也不知是拿票好还是不拿好。浇花的劝他赶紧走开算了，可是二先生认真要他取出票来，他也只好取出来。

二先生不是没有见过票，他是要看看这差人叫什么名字。二先生一看见崔九孩这个名字便问道："你就是崔九孩？"他拿着票，也只好顶住这个名，便答道："是！"才说出个"是"字来，就挨了二先生一耳光。二先生说："回去吧！叫崔九孩亲自来拿票来！"

看样子是不便再商量了，只好返回城里去。来回跑了三十里，吃了一个耳光，满肚冤枉向崔九孩去诉苦。崔九孩问明了原因，便叹气道："谁叫你到他那里去？算了算了！这是我的路途债，非自己去跑一趟不行！你挨了打还不算到底，我还得给人家说好话赔情去，要不，连票也拿不出来了！"

他满以为回来见了崔九孩可以给自己拿个主意，谁知崔九孩也这么稀松？他便问道："这家有多大势头？"崔九孩道："势头也不大，只是咱惹不起：他哥哥就是现在咱县财政局的张局长，咱得伺候人家；他从前不记得在哪县当过秘书，这几年在地方上当士绅，给别人包揽官司，常到城里来，来了住在财政局，咱还不是伺候人家？算了！你回去歇歇吧！还是得我去！"他听了这番话，也只好忍气回去卖他的煎饼，把铁绳、锁子、手杖等原物交还。崔九孩吃了午饭，仍然取上他出门的那一套便来找二先生赔情要票。

二先生家是他常去的——送信、捎东西，虽不是法警分内的事，可是局长说出来就得去——路是熟的，不用打听，一直跑到二先生院子里。

爬到玻璃窗子上一看，二先生跟他老婆躺在烟灯旁边摇扇子。他嬉皮笑脸揭开帘子道："二爷！我来给你老人家赔情来了！"说了就嘻嘻笑着，走进来蹲到窗下。二先生看见是他，冷冷道："九孩！我当你的腿折了！"九孩道："可不敢叫折了！折了还怎么给你老人家赔情来啦！嘻嘻……"二先生老婆也憋着笑了，只有二先生没有笑。二先生似乎要说什么，可是没有开口，先提起瓷壶倒了半杯冷茶喝了。

"二爷，我给你冲去！"崔九孩一躬身站起来，提起瓷壶到厨房冲了壶茶。

当他冲茶回来，看见二先生跟他老婆都笑着，他觉着事情已经解决了。他知道二先生也不把这事情当成一回事跟自己生气，只要一高兴就不跟他们这些人计较了。他恭恭敬敬给二先生夫妇一人倒了一杯茶，然后仍蹲到自己的原地方看风色。

二先生老婆笑着说："老九孩！你怎么弄了那么个替死鬼？差一点把你二爷拴上走！"

九孩说："不用说他了，太太！都只怨我！我不该偷懒！二爷知道，催粮是苦差！我老了，不想多跑，才雇了那么一个人。"

二先生也开了口："雇人也看是什么人啦！像那样一个土

包子，一点礼体也没有，要对上个外面来的客人，那像个什么样子？"崔九孩自然是一溜"是"字答应下去。答应完了，又道："二爷！不要计较他！都是我的过！你骂我两句好了！"他停了一下，见二先生没有说什么，就请求道："我走吧二爷？"二先生道："走吧！票在桌上那书夹子里！"

他从书夹子里翻出票来看一看问道："二爷！这村里有一户叫孙二则的住在哪里？"二先生道："那是个种山地的，住在红沙岭！你到外边打听路吧！那可能给你赶个盘费！你们这些人还不是一进了山，就为了王了？"九孩笑道："对对对！二爷是明白人！——二爷！再把你老人家的烟灰给我寻些喝吧？"二爷说："迟早讨要不够！"说着拆开个大纸包给他抓了一把。

崔九孩辞了二先生，在村里问过了过红沙岭的路，喝一点烟灰，便望着红沙岭走。快到上山的地方，他拿出一副红玻璃眼镜戴上。这眼镜戴上不如不戴，玻璃也不平、颜色又红得刺眼，直直一棵树能看成一条曲曲弯弯的红蛇；齐齐一座房能看成一堵高高的红墙。他到大村镇不敢戴，戴上怕人说笑话；一进了山——一定要戴，戴上了能吓住人。一根藤手杖，再配上这副眼镜，他觉着够味了。五六里山路他一点也不觉着累——一来喝上了大烟灰，二来有钱可取——越走越有劲，太阳不落就赶到红沙岭。

红沙岭这个山庄，只有七家人——三家姓孙的，四家姓刘的，都是前两辈子从河南来的开荒地的。老邻长六十多了，姓刘，念过《百家姓》和《四言杂字》，其余的人除了写借约时候画个十字，就再不动笔。

他一到庄上，有三只狗一齐向他扑来，他用一条手杖四面招架，差一点吃了亏。孩子们出来给他挡住狗，他便问一个十二三岁的女孩道："邻长住在那里？"女孩说："在这里，我领你去！"他就跟着这女孩找着了邻长。

他问："你就是邻长？"刘老汉点点头，问他是从哪里来的。

他说："从城里来的。你这庄上有个孙二则？"

"早就去世了！"

"他没有后代？"

"有！有个孙孙名叫甲午。"

"在哪里住？"

"上地了！"又向那个小女道，"黑女！去叫你爹！"黑女答应了一声跑出去。

刘老汉把崔九孩让到家里喝水，问是什么事。九孩喝了一碗水，冷冷答道："有点闲事！"刘老汉也无法再问，崔九孩也撑住气不说，只是吸烟喝水。

一会，黑女跑来，领着一个人，赤着脊背，肩上背着件破小布衫，手里提着一顶草帽，一进门就问刘老汉道："大伯！有人找我？"

九孩问刘老汉道："这就是孙甲午？"

刘老汉答道："就是！"

九孩再不往下问，掏出小铁绳来套在甲午的脖子上，用小铁锁嘣的一声锁住。甲午和刘老汉都吃了一惊。黑女看了几眼，虽说不认得是什么事，可也觉着不对，扭头跑了。

刘老汉问道："老头！究竟是什么事？"

九孩道："不忙！有票！"说着用脚踩住铁绳头，掏出票来，哗啦哗啦念道："查本年度下完粮银业已开征多日，乃有单列各户，迁延不缴，殊属顽忽之至，着即拘案讯究，以儆效尤。切切此票。"又从单上指出孙二则的名字道："这是你爷爷的名字吧？"甲午不识字，刘老汉看了半天道："是倒是！……"

才念了票，甲午老婆和黑女都哭着跑来。甲午老婆看了看甲午，向刘老汉哭道："大伯！这这叫怎么过呀！黑女她爹闯下什么祸了？"刘老汉道："没有什么祸，粮缴得迟了。"甲午老婆也不懂粮缴得迟了犯什么罪，只歪着头看甲午脖子上那把铁锁。

九孩把票折好包起来，就牵住铁绳向刘老汉道："老邻长，你在吧！我把他带走了！"又把绳一拉向甲午道："走吧！"说着就向门外走。

甲午老婆和黑女都急了，哇一声一齐哭出来。

刘老汉总还算有点经验，便抢了几步到门外拦住道："老头不要急！天也黑了！就住这里吧！人我保住，要说到一点什么小意思啦，也不要紧，总要打发你喜喜欢欢地起身啦！"又向甲午老婆道："不要哭了！回去给人家老头做些饭！"九孩道："倒不是说那个！今年不比往年，粮太紧！"虽是这么说，却又返回去坐下了。甲午老婆见暂且不走，就向刘老汉道："大伯！这事可全凭你啦呀！我回去做饭去。"说了就拉着黑女回去了。

刘老汉又向九孩道："老头！我保住，你暂且把他放开吧？他是一手人，借个钱跑个路都得他亲自去。"

九孩见这老汉还能说几句，要是叫他保住，他随便给弄个块二八毛钱，又把原人弄个不见面，难道真能把他这保人带走？他想这人放不得，便道："人是不能放呀！住一夜倒可以。"刘老汉道："不放也不要紧。你也累了，到炕上来随便歇歇，咱们慢慢商量！"九孩便把甲午拴到桌腿上，躺到炕上去休息。刘老汉见他躺下了便问他道："你且躺一下，我给你看饭去！"

刘老汉到了甲午家，天也黑了，庄上人也都回来了，都挤在甲午家里话弄这件事。刘老汉一进去，大家都围着来问情形。

刘老汉说："不怕！他不过想吃几个钱，祭送祭送就没事了。"甲午老婆问："不知道得几个钱？"刘老汉道："要在村里给一顿饭钱就能打发走；到咱这山庄上还不是尽力撑啦吗？你们不要多到他跟前哭闹，只要三两个人来回跑跑路，里外商量商量，要叫他看见咱不十分着急，才能省个钱。"大家又选了两个会说话的人跟刘老汉一同去，都向刘老汉说："大伯的见识高，这会全凭你啦！"

饭成了，做了一大锅，准备请大家都吃一些，可是有好多人不吃，都说："小家人吃不住这样破费。"

九孩吃过饭，刘老汉他们背地咬着甲午的耳朵给他出了些主意。又问了他一个数目，有个青年去借了一块现洋递给刘老汉。刘老汉拿着钱向九孩道："本来想给老头多借几个盘费，不过甲午这小家人，手头实在不宽裕，送老头这一块茶钱吧！"

一块钱那时候可以买二斗米，数目也不算小，可是住衙门的这些人，到了山庄上，就看不起这个来了。他说："小家人叫他省个钱吧！不用！我也不在乎这块二八毛。带他到县里也没有多大要紧，不过多住几天。"

庄稼人最怕叫他在忙时候误几天工，不说甲午，别人也替他着急了。那个青年又跟甲午咬着耳朵说了一会话，又去借了两块钱，九孩还不愿意。一直熬到半夜多，钱已经借来五块了，九孩仍不接。甲午看见五块钱摆在桌上，有点眼红了，便说："大伯！你们大家也不要作难了，借人家那么些钱我指什么还人家啦？我的事还是只苦我吧！不要叫大家跟着我受罪。把钱都还了人家吧！明天我去就算了！"

九孩接着道："对！人家甲午有种！不怕事！你们大家管人家做甚？"说了又躺下自言自语道："怕你小伙子硬笨啦？罪也是难受着啦！一进去还不是先揍一顿板子？"

甲午道："那有什么法？没钱人还不是由人家摆弄啦？"

刘老汉也趁势推道："实在不行也只好由你们的事在！"把桌上的几块钱一收拾，捏在自己手里向那个借钱的青年一伸。青年伸手去接，刘老汉可没有立刻递给他，顺便扭头轻轻问九孩道："老头！真不行吗？"

九孩看见再要不答应，五块现银洋当啷一声就掉在那个青年手里跑了，就赶紧改口道："要不是看在你老邻长面子上的话，可真是不行！"刘老汉见他改了口，又把钱转递到他手里道："要你被屈！"九孩接住钱又笑回道："这我可爱财了！"

九孩把手往衣袋里一塞，装进了大洋，掏出钥匙来，开了锁，解了铁绳，把甲午放出。

第二天早上，崔九孩又到别处催粮，孙甲午到集上去粜米。

小说中的主人公崔九孩像极了契诃夫笔下的"变色龙"奥楚蔑洛夫，崔九孩的"变"主要体现在他对被催粮人的态度。崔九孩变化中不变的是什么呢？变色龙变色是为了伪装自己、保护自己，崔九孩变化的原因是什么呢？契诃夫在写到奥楚蔑洛夫"变色"时设计了"军大衣"等细节，赵树理在写崔九孩"变色"时，为他设计了哪些细节呢？文中煎饼铺伙计的出场对于推动小说情节的发展与揭示主题有什么作用呢？

小经理

提示 导读

赵树理是我国现代文学史上具有新颖独创的大众风格的人民艺术家，他的小说在题材上大多反映农村社会现实，语言上口语化，具有浓郁的乡土气息，他擅长在矛盾冲突中塑造性格鲜明的人物，表现人物性格品质。《小经理》就是极具赵树理特色的一篇小说。小说主要人物只有三喜、王忠两个人，故事发生的场景设在土地改革背景下村中的合作社。作者通过描写二人态度的转变，刻画了聪明、努力奋进的三喜与油滑世故的王忠形象。情节起承转合巧妙，人物心理描写自然生动。

小经理叫三喜，是村里合作社的经理。说他"小"，有三个原因：第一是他的年纪小，才二十三岁；第二是小村子的小合作社，只有一个经理和一个掌柜；第三是掌柜王忠瞧不起他——有人找掌柜谈什么生意里边的问题，掌柜常好说："不很清楚就回来问一问俺那小经理。"说了就吐一吐舌头做个鬼脸。

这三喜从小就是个伶俐孩子，爱做个巧活：过年过节，搭个彩棚，糊个花灯，比别人玩得高；说个话，编个歌，都是出口成章，非常得劲；什么活一看就懂，木匠、石匠、铁匠缺了人他都能配手——村里人都说他是"百家子弟"。因为家穷，从小没有念过书，不识字，长大了不甘心，逢人便好问个字，也认了好多。不过字太多了，学起来跟学别的不一样，他东问西问，数起数来也认了好几百，可是一翻开书，自己认得的那些字都不集中，一张上碰不到几个；这是他最不满意的一件事。

三喜入共产党，只比他当经理早三天。这村是个自然村，只有四个党员，算是一小组，附在行政村的村支部。八月间，村里开斗争会，斗争合作社的旧经理张太，三喜出力不小，支部就把他收为党员。

原来这张太是个放高利贷起家的，抗战以前在村里开了个小杂货铺。说"杂货铺"只是个名，常是要啥没啥。卖的东西比集市上贵一半，没人买。张太根本不凭卖货赚钱，就凭的是放债。村里的穷人们，一到秋夏季和年关，都得到他铺里去送利，穷人们谈起家常话来，都说："穷就穷到那小铺里，把咱们的家当慢慢都给人家送进去了。"一到抗战时期，张太看见风头不对，把门一关，光收不放，几个月的工夫就把收得动的债都收回去。一九四二年实行减租减息，张太就只剩了一些收不起来的账尾巴，送了个空头人情，说"本利全让"，有些人还以为人家很开明，叫人家当本村合作社经理。人家当了经理以后，光人家一家的股本比一村人的股还多，生意好像又成了人家的，人家拣赚钱的买卖干，村里人仍是要啥没啥，村里人对这事不满意了好几年，直到去年八月才又翻起来。翻起这事来以后，三喜连党也睡不着，又是找干部，又是找群众，发动东家，发动西家；搜材料，找证据，讲道理，喊口号；天天有他，场场有他。赶斗倒了张太，共产党的小组长把三喜的积极活动情形报告了支部，支部就派这小组长去和他谈入党的话。这小组长才跟他一谈，他说："不是早就入了吗？"小组长还只当是别人已经介绍了他，就问他："是谁跟你谈的？"他说："我不是已经斗过张太了吗？"小组长说："斗张太怎么就算入了党？"他说："搅翻身不是共产党的主张吗？照着共产党的主张做事，怎么还不算共产党？"小组长听他这么一说，知道他了解错了，才给他解释怎样才能算入党。解释完了问他入不入，他说："入入入，斗争了这么一回，连个共产党员也不算还行吗？"

"众人是圣人"。三喜自参加了这次斗争，共产党看起他来了，群众也看起他来了。张太一倒，合作社就得补选经理。头一天晚上提起选经理这事，每个人差不多都想到三喜身上，第二天一开会，还没有讨论，就跟决定了一样，三喜一看这风色，一颗头好像涨有柳斗大，摆着两只手说："不行！"可是也抵抗不住大家的"拥护"。他说："我不识字。"大家说："都不识字。"他说："我两口人过个日子，实在没工夫。"大家说："大家帮你生产。"他再没有说的。

说"不识字"，说"没工夫"，都只是表面上一个说法，实际上是他怕使用不了王忠这个掌柜。王忠这个人跟张太是一伙，伺候了张太半辈子（从张太开放债铺到后来当合作社经理，都是王忠当掌柜），村里人说张太是严嵩，王忠是赵文华。这次斗张太，也捎带了王忠一下，不过生意是张太的，没有他的股本，他也只是穿黑衣保黑主，跟着张太得罪了许多人，自己也没有落下个什么，因此大家只叫他反省了一下，没有动他的产业，还叫他当合作社掌柜。大家虽是这样决定了，三喜的思想上一时转不过弯来，总不想跟这"赵文华"共事。再者三喜自己也不懂生意，又要向王忠领教，又怕受王忠的捉弄，因此不敢领这个盘。

大家选起他来以后，他去向支部提出

困难，支部说："群众既要你当，你就该克服困难，起模范作用。"他说："我干不了。"支部说："你看谁比你强些？"他想想，没有。他说："恐怕跟王忠合不来。"支部说："你看换上谁合适就可以聘请谁。当经理有这个权。"他想想，也没有——村里识字的太少，没有担任别的工作的，还只有一个王忠。说了半天，还得自己跟王忠干。

三喜一上了任，王忠果然跟他捣蛋，在王忠的思想上也转不过弯来：第一，他虽作过了反省，可是只作了个样子，没有想到张太得利他惹人是件不合算的事——没有想到他是给张太当了半辈子狗，只是觉着张太是他的老主人，张太倒了他再干下去对不住张太，可是又怕群众说他仍然跟张太是一伙，又不敢不干。干着却实在是一肚子不满。第二，他觉着他自己要比三喜强一万倍，如今叫三喜当经理他当掌柜，实在有点不服劲，总想看三喜的笑话。三喜上任这一天，叫把他以前那一段结算结算，交代一下。这在他本来是极容易的事，可是他偏不按平常结算的办法来结算，事事叫三喜出主意。三喜说点什么货，他就点什么货，三喜说算哪宗账，他就算哪宗账。三喜总算是聪明人，应想到的项目差不多也都想到了，结算得也还差不多，只是手续上不熟练，磨了好几倍的洋工。

他觉着王忠这人果不好对付，跟支部说了几回，支部叫他慢慢说服教育。可是天呀！王忠哪能把他的话放在心里呢？他为这个着实发了几天愁，后来想着只有把合作社这一套弄熟了，才能叫王忠老实一点，从此便事事留心，有个把月工夫，却也摸着了好多，只可惜自己识字太少，账本上还得完全靠王忠。

要学账，就得跟王忠学，他想要跟王忠说这话，王忠越发要拿一拿架子，因此他决定不在王忠面前丢这人，等王忠不在的时候，自己翻开账本偷偷地学。王忠晚上在家里睡，每天晚上过了账点了钱，就把门一锁回去了。他觉着这是个好机会，就跟王忠说合作社晚上不可没人，自己要到里边看门，王忠就把钥匙交了他。他当王忠每天晚上回去之后，就关起门来翻开账本研究，因为白天留过心，晚上还能慢慢看出点道理来。比方说白天入了一百二十五斤盐，晚上找着了一百二十五斤这个码，就能慢慢找出哪一个是"盐"字来。起先只是认字和了解账理，后来又慢慢学着写——把账本上的字写到水牌上，写满了就擦，擦了又写，常是半夜半夜不睡觉。

有一晚上，他正在水牌上练习一个"酱"字，写了半水牌"酱"，有人在外面打门，开开门跑进个女人来，是他老婆。他问："你半夜三更来做什么？"老婆说："来找你！你怎么白天白天不回去，晚上晚上不回去？家里就没有事了吗？"他说："有什么事？家里少你的什么？"老婆说："什么也不少，就是少你！"他说："不要闹，快回去吧！我还有事啦！"老婆是个年轻娃娃，不听他的，只是跟他嚷："不，今天晚上你不回去我就不走！"说着就去夺他手里的笔。他把笔举得高高的笑着脸："我是顾不上回去，你不走不会也住下？"他本来是说玩话，老婆可不客气地跟他说："你说我不敢？住下就住下，里边又没别人！"说着就躺到他床上，赌气说："不走了！"他没法，只好关住门；可是"酱"字还没学好，又坐上写起来，直写到和王忠写得差不多才睡。

半年工夫，账本上用的那几个字他学了个差不多。心里有了底，说话就硬一点，对王忠迁就得就少一点。王忠有点不高兴，就装起病来，一连三天没到合作社。到了第四天，他去看王忠，明知道病是装的，却也安慰了一番，说："你慢慢养着吧，不要着急，合作社的事情我暂且招呼几天！"王忠见他不发急，也莫名其妙，心想："我且装上半个月，看你怎么办？"可是真正装了半月，也不见三喜发急，自己反而沉不住气，摇摇摆摆到合作社去看。

王忠一进合作社，三喜装得很正经地说："好些了吗？这几天忙得也没顾上去看你！"他也客气了几句就坐下了。他一坐下就想看看三喜这半月来在账上闹了些什么笑话，顺手翻开了流水账，三喜还说："你歇歇吧，不要着急！才好了些，防备劳着了！"他一看这本账先吃了一惊。他看见这账上不只没有多少错字，连那些粮食换货物，现钱和赊欠……一切很复杂的账理，一项也没有弄错，又翻了翻另外几本，也都一样，要说跟自己有差别的话，只是字写得没有功夫些。这一下他觉着以后再不敢讲价钱了，再要捣蛋就得滚蛋，滚出去便再没个干的了（这合作社的经理是义务职，掌柜却是薪水制），他蹰踏了半天,才搭讪着说:"我这一病就累你半月,心里急得很,只是病到身上由不得人。这会才算好了,我明天搬来吧!"三喜仍然很正经地跟他说:"你看吧!不敢勉强,身体要紧!"

自此以后,王忠果然老实了:三喜吩咐他干啥,他跟从前张太吩咐下来一样,没有什么价钱可讲,每到一个月头上,不等三喜说话就先把应结算的算出来……三喜见他转变了,对他反而又客气好多,他也觉着比在张太手下还痛快。

三喜把改造王忠这事报告支部,是支部搞立功运动的时候,就给他记了一大功。

一九四七年

读 与 思

三喜与王忠之间关系的发展经历了哪几个阶段?是什么让王忠对三喜的态度最终发生了转变?你怎样评价王忠这个人物?党支部在解决三喜与王忠两人的矛盾时,发挥了哪些作用?体会作者创作本篇小说的用意。王忠装病后在合作社与三喜交锋的描写尤为精彩,可以改编成课本剧并尝试表演。

传家宝（节选）

导读提示

李成娘是个勤俭能干的女人，她有三件宝：一把纺车，一个针线筐和一口黑箱子。这三件宝就是她的传家宝，她一心想把宝贝传给当妇联主席的儿媳金桂。这对婆媳之间的矛盾反映了解放区农村妇女思想方式、生活方式的转变。小说最大的特色是人物的语言描写，人物的对话不仅推动着情节的发展，而且符合各自的立场与身份，彰显着不同人物的心理与性格。李成娘的封建强势，金桂的聪明宽容，小娥丈夫的沉稳智慧，小娥的保守贤惠，这些人物形象借助语言跃然纸上，真实生动。

李成娘一见他们两个人进来，觉着"真他娘的不凑巧"。

小娥觉着不对，赶紧把话头引到另一边，她问自己丈夫说："今天的会怎么散得这样快？"

她丈夫说："这会只是和几个干部接一下头，到晚上才正式开会。"

只说了这么几句简单话大家坐下了，谁也再没有什么话说，金桂的脸色就很不平和。

金桂平常很大方，婆婆说两句满不在乎，可是这一次有些不同：小娥的丈夫是她的姐夫，可也是她的上级。她想婆婆在小娥面前败坏自己，小娥如何能不跟她说自己的丈夫说？况且真要是自己的错误也还可说，自己确实没错只是婆婆的见解不对，她觉着犯不着受这冤枉。

小娥的丈夫见她们婆媳的关系这样坏，也断不定究竟哪一方面对。他平常很信任金桂，到处表扬她，叫各村的妇女向她学习，现在听见她婆婆对她十分不满意，反疑惑自己不了解情况，对金桂保不定信任太过，因此就想再来调查研究一番。他见大家都不说话，就想趁空子故意撩一撩金桂。他笑着问小娥："你们背地里谈论人家金桂什么事，惹得人家咕嘟着嘴！"

金桂还没有开口，李成娘就抢先说："听见叫她听见吧，我又没有屈说了她！你问她一冬天拈过一下针没有？纺过一寸线没有？"

婆婆开了口，金桂脸上却又和气得多了。金桂只怕没有机会辩白引起上级的误会，如今既然又提起来了，正好当面辩白清楚，因此反觉着很心平。她说："娘！你说得都对，可惜是你不会算账。"又回头向小娥的丈夫说:"姐夫你给我算着:纺一斤棉花误两天,赚五升米;卖一趟煤,或做一天别的重活,只误一天,也赚五升米!你说是纺线呀还是卖煤?"

小娥的丈夫笑了。他用不着回答金桂就向小娥说:"你也算算吧!虽然都还是手工劳动,可是金桂劳动一天抵住你劳动两天!我常说的'妇女要参加主要劳动',就是说要算这个账!"

李成娘觉着自己输了,就赶紧另换一件占理的事。她又说:"哪有这女人家连自己的衣裳鞋子都不做,到集上买着穿?"她满以为这一下可要说倒她,声音放得更大了些。

金桂不慌不忙又向她说:"这个我也是算过账的:自己缝一身衣服得两天;裁缝铺用机器缝,只要五升米的工钱,比咱缝的还好。自己做一对鞋得七天,还得用自己的材料,到鞋铺买对现成的才用斗半米,比咱做的还好。我九天卖九趟煤,五九赚四斗五;缝一身衣服买一对鞋,一共才花二斗米,我为什么自己要做?"

等不得金桂说完,李成娘就又发急了。她觉着两次都输了,总得再争口气——嗓子再放大一点,没理也要强占几分。她大喊起来:"你做得对!都对!没有一件没理的!"又向女婿喊:"你们这些区干部,成天劝大家节约节约!我活了一辈子了,没有听说过什么是'节约',可是我一年也吃不了一斤油,我这节约媳妇来了是一月吃一斤。你们都会算账,都是干部!就请你们给我算算这笔账!"

她越喊得响亮，女婿越忍不住笑，等她喊完了，女婿已笑得合不上口。女婿说："老人家，你不要急！我可以替你算算这笔账：两个人一月一斤油，一个人一天还该不着三钱，不能算多。'节约'是不浪费的意思。非用不行的东西，用了不能算是浪费……"

李成娘说："你们这些当干部的是官官相护！什么非用不行？我一辈子吃糠咽菜也活了这么大！"

金桂说："娘！我不过年轻点吧，还不是吃糠长大的？这几年也不是光咱吃的好一点，你到村里打听一下，不论哪家一年还不吃一二十斤油？"

小娥的丈夫又帮助金桂说："老人家！如今世道变了，变得不用吃糠了！革命就是图叫咱们不吃糠，要是图吃糠谁还革命哩？这个世道还是才往好处变，将来用机器种起地来，打下的粮食能抵住如今两三倍，不说一月吃一斤油，一天还得吃顿肉哩！"他这番话似乎已经把李成娘的气给平下去了，要是不再说什么也许就没事了，可是不幸又接着说了几句，就又引起了大事。他接着说："老人家！依我说你只用好吃上些好穿上些，过几年清净日子算了！家里的事你不用管它！"

"你这区干部就说是这种理？我死了就不用管了，不死就不能由别人摆布我！"李成娘动了大气，也顾不上再和女婿讲客气。她说金桂不做活、浪费还都不是很重要的问题，最要紧的是恨金桂不该替她作了当家人，弄得她失掉了领导权。她又是越说越带气："这是我的家！她是我娶来的媳妇！先有我来先有她来？"

小娥的丈夫说："老人家！不是说不该你管，是说你上年纪了，如今新事情你有些摸不着！管不了！"

"管不了？娶过媳妇才一年啊！从前没有媳妇我也活了这么大！她有本事叫她另过日子去！我不图沾她的光！大小事不跟我通一通风，买个驴都不跟我商量！叫她先把我灭了吧！"

金桂向来还猜不到婆婆跟自己这样过不去，这会听婆婆这么一说，也真正动了点小脾气。她说："娘！你也不用跟我分家了！你想管你就管，我落上一个清净算了！"说着就跑回自己房里去。小娥当她回房去寻死，赶紧跟在她后面。可是当小娥才跑到她门口，她却挟了个小布包返出来跑到婆婆的房子里，向婆婆说："娘！让我交代你！"

小娥看见已经怄成气了，赶紧拉住金桂说："金桂！不要闹！娘是老糊涂了，像……"

小娥的丈夫倒很沉得住气，他也不劝金桂也不劝丈母娘，倒向小娥说："你不用和稀泥！我看就叫金桂把家务交代给老人家也好！老人家管住家务，金桂清净一点倒还能多做一点活！"又回头向金桂挤了挤眼说："金桂你不要动气！说正经的，你说对不对？"

金桂见姐夫是帮自己，马上就又转得和和气气地顺着姐夫的话说："谁动气来？"又向婆婆说："娘！我不是跟你生气！

我不知道你想管这个！你早说来我早就交代你了！"说着就打开小包，取出一本账和几叠票子来。

李成娘见媳妇拿出账本，还以为是故意难为她这不识字的人，就又说："我不识字！不用拿那个来捉弄我！"

金桂仍然正正经经地说："我才认得几个字？还敢捉弄人？我不是叫娘认字！我是自己不看账记不得！"

小娥的丈夫也爬到床边说："让我帮你办交代！先点票子吧！"他点一叠向丈母娘跟前放一叠，放一叠报个数目——"这是两千元的冀南票，五张共是一万！""这是两张两千的，一张一千的，十张五百的，也一万！"……他还没有点够三万，丈母娘早就弄不清楚了，可是也不好意思说接管不了，只插了一句话说："弄成各色各样的有什么好处，哪如从前那铜元好数？"女婿没有管她说话是什么，仍然点下去，点完了一共合冀南票的五万五。

点过了票，金桂就接着交代账上的事。她翻着账本说："合作社的来往账上，咱欠人家六万一。他收过咱二斗大麻子，一万六一斗，二斗是三万二。咱还该分两三万块钱红，等分了红以后你好跟他清算吧！互助组里去年冬天羊踩粪，欠人家六升羊工伙食米。咱还存三张旧工票，一张大的是一个工，两张小的是四分工，共是一个零四分，这个是该咱得米，去年秋后的工资低，一个工是二升半。大后天组里就要开会结束去年的工账，到那时候要跟人家找清……"

婆婆连一宗也没听进去，已经觉得很厌烦。她说："怎么有这么多的穷事情？麻麻烦烦谁记得住？"

小娥听着也替娘发愁，见娘说了话，也跟着劝娘说："娘！你就还叫金桂管吧，自己揽那些麻烦做甚哩？这比你黑箱子里那东西麻烦得多哩？"

李成娘觉着不只比箱子里的东西样数多，并且是包也没法包，卷也没法卷，实在不容易一捆一捆弄清楚。她这会倒是愿意叫金桂管，可也似乎还不愿意马上说丢脸话。

金桂仍然交代下去。她说："不怕娘！只剩五六宗了——有几宗是和村公所的，有几宗是和集上的，差务账上，咱一共支过十个人工八个驴工，没有算账。咱还管过好几回过路军人饭，人家给咱的米票，还没有兑。这两张，每张是十一两。这五张，每张是……"

"实在麻烦，我不管了！你弄成什么算什么！我吃上个清净饭拉倒！"李成娘赌气认了输，把腿边的一堆票子往前一推。

小娥的丈夫哈哈大笑起来。他说："我原来不是说叫你'过几年清净日子算了'吗？"又向金桂说："好好好！你还管起来吧！"又向小娥说："我常叫你们跟金桂学习，就是叫学习这一大摊子！成天说解放妇女解放妇女，你们妇女们想真得到解放，就得多做点事、多管点事、多懂点事！咱们回去以后，我倒应该照金桂这样交代交代你！"

一九四九年四月十四日

读与思

这对婆媳矛盾纠纷最后的结局是怎样的？你可以通过哪些细节印证你的推断？婆婆李成娘和儿媳金桂看似矛盾重重，其实性格有共通之处，你可以在分析她们个性特点的同时找到她们性格的共同点吗？在这场婆媳矛盾纠纷中，小娥的丈夫起到了怎样的作用？

田寡妇看瓜

提导示读

《田寡妇看瓜》是历来被人称颂的一篇微型小说，故事发生的背景是土地改革。作者将故事发生的地点，放在南坡庄及田寡妇的半亩地上，集中刻画了中农田寡妇与贫农秋生的矛盾。土地改革前，田寡妇怕秋生偷自家的南瓜，提心吊胆、精神紧张，秋生因为家里人多，只能张嘴和田寡妇要南瓜甚至偷瓜，低声下气、精神压抑。土地改革后，田寡妇无心看瓜，精神放松；秋生分了地种南瓜，自给自足，精神抖擞。赵树理通过两人土改前后的变化表现了土地改革对农民与农村的影响。作者运用以小见大、前后对比的写作手法，深刻反映了小说主题。

南坡庄上穷人多，地里的南瓜豆荚常常有人偷，雇着看庄稼的也不抵事，各人的东西还得各人操心。最爱偷人的叫秋生，因为自己没有地，孩子老婆五六口，全凭吃野菜过日子，偷南瓜摘豆荚不过是顺路捎带。最怕人偷的是田寡妇，因为她园地里的南瓜豆荚结得早——南坡庄不过三四十家人，有园地的只是王先生和田寡妇两家，王先生有十来亩，可是势头大，没人敢偷；田寡妇虽说只有半亩，可是既然没人敢偷王先生的，就该她一家倒霉，因此她每年夏秋两季总要到园里去看守。

　　一九四六年春天，南坡庄经过土地改革，王先生是地主，十来亩园地给穷人分了；田寡妇是中农，半亩园地自然仍是自己的。到了夏天园地里的南瓜豆荚又早早结了果，田寡妇仍然每天到地里看守。孩子们告她说："今年不用看了，大家都有了。"她不信，因为她只到过自己园里，王先生的园在哪里她

都不知道。

也难怪她不信孩子们的话，她有她的经验：前几年秋生他们一伙人，好像专门跟她开玩笑——她一离开园子就能丢了东西。有一次，她回家去端了一碗饭，转来了，秋生正走到她的园地边，秋生向她哀求："嫂！你给我个小南瓜吧！孩子们饿得慌！"田寡妇没好气，故意说："哪里还有？都给贼偷走了！"秋生明知道是说自己，也还不得口，仍然哀求下去，田寡妇怕他偷，也不敢深得罪他；看看自己的嫩南瓜，哪一个也舍不得摘，挑了半天，给他摘了拳头大一个，嘴里还说："可惜了，正长哩。"她才把秋生打发走，王先生恰巧摇着扇子走过来。王先生远远指着秋生的脊背跟她说："大害大害！庄上出下了他们这一伙子，叫人一辈子也不得放心！"说着连步也没停就走过去了。这话正投了她的心事，她一辈子也忘不了，因此孩子们说"今年不用看了"，她总听不进去。不管她信不信，事实总是事实。有一天她中了暑，在家养了三天病，园子里没丢一点东西。后来病好了虽说还去看，可是家里忙了，隔三五天不去也没事，隔十来天不去也没事，最后她把留作种子的南瓜上都刻了些十字作为记号，就决定不再去看守。

快收完秋的时候，有一天她到秋生院里去，见秋生院里放着十来个老南瓜，有两个上边刻着十字，跟她刻的那十字一样，她又犯了疑。她有心问一问，又没有确实把握，怕闹出事来，才又决定先到园里看看。她连家也没回就往园里跑，跑到半路恰巧碰上秋生赶着个牛车拉了一车南瓜。她问："秋生！这是谁的南瓜？怎么这么多？"秋生说："我的！种得太多了！""你为什么种那么多？""往年孩子们见了南瓜馋得很，今年分了半亩园地我说都把它种成南瓜吧！谁知道这种粗笨东西多了就多得没个样子，要这么多哪吃得了？种成粮食多合算？""吃不了不能卖？""卖？今年谁还缺这个？上哪里卖去？园里还有！你要吃就打发孩子们去担一些，光叫往年我吃你的啦！"他说着赶着车走了，田寡妇也无心再去看她的南瓜。

读 与 思

小说虽短，但刻画了三个阶级的典型人物形象——地主王先生、中农田寡妇、贫农秋生。这三个人物在土地改革中分别经历了什么？在秋生求瓜的情节中，作者对于三个人物都有描写。找到这些描写，并借此尝试分析三人的性格特点。小说开头对于故事背景的介绍文字着墨比较多，结尾反而着墨少，这样的处理起到了什么样的艺术效果？

慈航普渡

　　农村走出来的潘永福是如何受到人民欢迎且得到人民尊敬的呢？本文《慈航普渡》对这一问题做出了很好的回应。实干家潘永福作为农村干部总是在处理具体的问题，他不仅是农民中的佼佼者，而且是肩上担起责任的领导。他淳朴无私，撑船本领高，并带出了五个渡口的船工徒弟；他为人勤快热心，谁家有活儿都会帮忙做；他正义勇敢，见别人有危难会挺身而出舍己为人……潘永福苦干、实干的优秀形象在赵树理的笔下得到了充分的、生动的展现。阅读时除了关注人物、事件本身，还建议品读文中总结性的议论文字，感受作者对于人物的真切赞颂之情。

　　一九五八年秋天，潘永福同志任中共山西阳城县委会（当时阳城、沁水两县合并，后来又分开了）农村工作部副部长，要赴沁水北边的一个名叫"校场"的村子去工作。这地方是安泽县和沁水县的交界处，两县的村庄犬牙交错着，想到校场村去，须得从安泽的马壁村坐船摆渡。这里的船工，都是潘永福同志的徒弟，可是潘永福同志这次上了船，见撑船的是个二十多岁的青年，没有识过面。他看见这新生一代有两下子，就随便问他说："你是谁的徒弟？"青年似乎不了解潘永福同志问他的意思，或者还以为是看不起他的本领，便回答说："你管得着吗？"潘永福同志说："你不说我也知道：你的老师不是马银，就是瑞管，再不就是长拴！"因为潘永福同志在这里只传授过这三个人。那青年说："咦！你怎么知道？你是不是姓潘？""你猜对了！""我的老大爷，你好！"潘永福同志又问了问他住在哪个院子里，那青年回答了他。潘永福同志想了想当年的情况，记得有两个不到上学年龄的孩子，是弟兄两个，长得很好玩，算了算时间，该是这个青年这样大小了，便又问他说："你叫黑济呀还是叫白济？"青年说："我叫黑济！"潘永福同志又问黑济爹娘的好，黑济说他们都去世了，彼比感叹了一番。潘永福同志顺便又问讯了马壁以北的招贤、东李、魏寨、建始等各渡口老船工的消息，船已靠了岸，就和这青年作别，往校场村去了。

马壁、招贤、东李、魏寨和建始这五个渡口的老一代的船工，全是潘永福同志教会了的。原来安泽县只有孔滩一个渡口有船，船工也是沁水人，父子两个同撑，不传外人。潘永福同志当年在马壁打短工，马壁人听说他会撑船，就集资造了船请

他撑。他又回原籍找了个帮手，就在马壁撑起船来，并且带了三个徒弟。上游招贤、东李、魏寨、建始等村也有摆渡的需要，就先后造了船请他去撑，并请他带徒弟，因此五个渡口的老船工都是他的徒弟。

潘永福同志住在校场，有一天晚上到招贤去看他的老朋友们（也就是徒弟，因为年岁相仿，所以彼此都以老朋友看待）。他刚到了一家，村里人就都知道了，凡是熟人都抢着来看他，后来连四五里以外别的村子里的人也知道了，也有些赶来看他的，有点像看戏那样热闹。老朋友们都兴奋得睡不着觉，他也兴奋得睡不着觉，有几位老朋友特地给他做了好饭请他吃，一夜就吃了好几顿。

他为什么这样受人欢迎呢？原来他在这里撑船的时候，每天只顾上渡人，连饭也顾不上做，到了吃饭时候，村里人这家请他吃一碗，那家送他吃半碗，吃了就又去撑船去了。他是个勤劳的人，在谁家吃饭，见活计也就帮着做，因此各渡口附近村庄的庄稼人们对他都不外气。他还有个特点是见别人有危难，可以不顾性命地去帮忙。为了说明他这一特点，不妨举个例子。

他在招贤渡口的时候，也是一个晚饭后，有一伙人要到对岸一个村子里看戏，要求他摆渡。他说："我还没有吃晚饭，饿得很，撑不动了！"其中有几个和他学过几天的人说："我们自己来吧！"说着就都上了船，把船解开。潘永福同志对他们的技术不太相信，虽然也未加阻拦，可是总有点不放心，所以当他们把船撑开的时候，自己也未敢马上走开，只站在岸上看着船向对岸前进。沁河的流量虽然不太大，可是水流太急，而且上下游隔不了三里总有乱石花坡，船只能摆渡而不能上下通行。在摆渡的时候，除了发洪期间在篙竿探不着底的地方用划板划几下外，一般只靠划板是划不过去的，全凭用篙撑；撑的时候，又要按每段水势的缓急来掌握船身的倾斜度。坐船的人，看了船身的斜度和船工用力的方向，总以为船是向对岸很远的上游行进的，可是在客观上靠岸的地方只是个正对岸，在水大的时候往往还要溜到下游一半里远。假如在水急的地方把船身驶得斜度小了，船头便会被水推得颠倒过来。船头要是打了颠倒，便要迅速地往下游溜，几棹板摇得扭回头来，也会溜出里把远；要是水太急了，马上扭不过来，溜到乱石花坡是非被冲翻了不行的。潘永福同志开头看见他们撑得还正常，可是一到了中流，船打了颠倒，飞快地顺水溜走；坐船的人都直声喊叫起来。潘永福同志知道凭那几个人的本领，在一二里内是拨不回船头来的，因此也忘记了肚子饿，也顾不上脱衣服，扑通跳下水，向着船游去。撑船的那两个人倒也把船头拨转回来了，只是拨得迟了点，船已溜到个两岔河口的地方。河到这里分为东西两股，中间水底有块大石头挡着一堆小石头。船头被搁在这石头上，船尾左右摇摆着，好像是选择它倒向哪一边溜得更顺利些。西岸上有些人早已发现船出了事，喊着从岸上往下游赶，赶到这里见船被搁住了，可是也无法营救。这时候，潘永福同志赶到，站在几块乱石上，一膀把船尾抵住，两手扳住底部使它不得左右摇摆。照这地方水的流速，不用说逆水行船往上游撑，就是往东西两边撑也是撑不过去的。船上的人向潘永福同志要主意，潘永福同志说："西岸有人，要是带着缆绳头扑过西岸去，叫大家拉住绳顺着水势能拉得靠了岸；可惜我现在饿得没有劲了，要是扑得慢一点，船要被冲得溜起来，我一个人可拖不住它！"坐船的人，有拿着油条和糖糕的，拿出来给潘永福同志吃。潘永福同志两只手扳着船尾的底部腾不出来，就叫船上的人往他嘴里塞。可是水淹在他脖子根，直着脖子不容易咽下东西去。船上的人先给他塞了个油条，他咽不下，吐出去说："油条吃不下去，快拿糖糕来！"船上的人，喂得他吃了十多个糖糕后，他吩咐船上人把缆绳盘顺搁到船边，把绳头递给他。船上的人，一边照办，一边向西岸的人打过了招呼，潘永福同志便丢开船尾，接住绳头，鼓足了劲，拼命地向西岸扑去，不几下子就扑过翻波滚浪的急流，到达西岸，和岸上的人共同把船拉过去。满船乘客全部脱险。

像潘永福同志这样远在参加革命之前就能够舍己为人的人，自然会受到大多数人的尊敬，所以他走到离别十八年之久的地方，熟人们见了他还和以前一样亲热。

读 与 思

文中总结性的议论语句，对于塑造人物有怎样的作用？作者在文章开头描写了潘永福和撑船青年的对话，这部分内容有何作用？在讲述潘永福跳水救船上乘客的事件中，作者是怎样将事件过程描述得真实而感人的？潘永福身上还有哪些细节打动了你？

经营之才

提示导读

　　《实干家潘永福》是取材于真人真事的传记体小说。潘永福是山西沁水县农民出身的干部，参加革命前练就了熟练的生产技术，又因为一心为群众办实事，深受群众爱戴。潘永福参加革命后当了农村干部，却始终保持劳动人民本色，深受群众拥护。本文选自《实干家潘永福》的第四章，叙述了潘永福调任县营农场、担任县工会主席时期的事件。为了突显人物的实干精神，作者赵树理依据时间顺序选取了三个有代表性的例子进行了详尽的描写。文章语言平实，叙述生动，运用典型事例塑造典型人物，使人物精神跃然纸上。

　　潘永福同志是实干家，善于做具体的事，而不善于做机关工作。一九四九年他被调到沁水县当农林科长。这时期的农林科是新添的部门，从前没有传统，科技人员又缺乏，虽然挂着个指导农林生产之名，可是和实际的农林生产接不上茬儿。潘永福同志失去了用武之地，摸索了二年也没有摸索出个道理来——后来换了别人也同样对实际的农林起不到指导作用，原因在于那时候的生产资料还属于个人所有，单纯科技的部门指导不了那样散漫的单位。

一九五一年，潘永福同志又被调到县营农场。这也是个新添的单位，归县里的农林科领导，但是潘永福同志觉着这要比当农林科长的工作具体得多。有他个老相识以为他是降了级，问他犯了什么错误。他说："我没有犯错误，到这里来是党的需要。"

在一九五一年以前，认识潘永福同志的人，往往单纯以为他是个不避艰难的实干家；自他被调到农场之后，在社会主义革命和社会主义建设阶段里，才又发现他很有经营计划之才，不过他这种才能仍然是从他的实干精神发展来的。为了说明这一点，需要举他三个例子，而且第二个例子比较长一点：

一、开辟农场

沁水县要开辟一个县营农场，而这个农场要具备企业和试验两种性质。地址准备在沁水县东乡的端氏镇，共有土地七十亩，三十亩山地，四十亩平地，职工的住址是镇中间的城隍庙。

潘永福同志到任后，首先感到不合适的是这个住址——上街倒很方便，往地里去便差一点。后来他和镇里交涉，把城隍庙换成了南寺，就比较好些了。

再一个成问题的事就是那三十亩山地。这三十亩地离人住的地方有五里远，还隔着一条小河，土质不好，亩产只是百把斤，不论从企业观点和试验观点看来，价值都不大。可是那时候的土地还是个人所有制，这三十亩地是未被分配过的地主土地，其他已分配了的土地各自有主无法调拨。潘永福同志曾向一个农民提出过调换土地的要求。那个农民提出的条件很苛刻——三十亩远地换他近处一亩菜地，还得倒贴他十石小米，潘永福同志一计算，三十亩地一年的产量也产不够十石小米，三十亩换一亩再贴一年产量，这买卖干不着。

换不成，只有农场自己来种了。潘永福同志是种过远地的。他知道这三十亩地种好了能把产量提高一倍，可是从企业观点上看，提高一倍也还是不合算——共产六千斤粮，按六分一斤折合，共值三百六十元；但想种好须得两个长期农业工人，每人每年工资以二百四十元计，须得四百八十元，一年净赔一百二十元。这买卖还是干不着。

隔了几天，潘永福同志对这三十亩地终于想出了应用的办法。他见端氏镇的农民种的棉花多，牲畜饲草不足，自己农场养的牲口也要吃草，草价很高，就想到种苜蓿。种苜蓿花的工本都很少，二年之后，三十亩苜蓿除了自己牲口吃了，还能卖很大一部分；再把地边种上核桃树，又能卖树苗，算了算细账，收入金额要超过粮产，而节余下的劳力用到近处的四十亩

地里，又能赶出一部分粮来。账算清了，他便把这三十亩远地种成了苜蓿和核桃树。到了一九五三年，端氏镇成立了青峰农业社，更扩大了棉田，牲畜的饲草更感到不足。这时候，农场的三十亩苜蓿已经发育到第三年，根深叶茂，长得有一腿多高，小核桃树也培养得像个样子了。青峰农业社提出来愿意用镇边的十多亩菜地来换农场的三十亩山地和这地里的苜蓿、树苗，潘永福同志一计算，光三十亩苜蓿的收入也要抵住三十亩中等棉花，只讲经济价值农场还吃一点亏，但是为了便于集中经营，把地换得近一点也还是有益的事，所以就换过了。要按当年那个单干农民向农场提出来的苛刻条件，换这十多亩菜地，须得三百多亩山地，还得贴一百多石米。

农场的第三个问题是做农事试验的问题。这事潘永福同志自己不在行，又没有这种专门人才，光靠几个上过短期训练班的技术员，也搞不成什么名堂，和实际农业生产还是碰不了头，对企业收入又要有所妨碍。潘永福同志见当地有些群众有到外地买生产树（即干果、水果、花椒等树）苗的，就想起试种树苗来。他想这样既能满足群众需要，又能兼顾企业收入，是件可干的事，问了问县里，县里也说可以干，于是就决定种树苗，种了几年，群众有树苗可买，十分满意；农场也因此增加了企业收入。后来县里见他这样做的成绩不错，干脆把这农场改为育苗场了。

潘永福同志从开办这个农场起，鉴于场子小、工人少、干部多，有碍企业，就和工人们在田间做同质同量的活，直到一九五四年他被调往文化补习学校学习为止，始终不变。

二、小梁山工地

一九五九年冬，潘永福同志担任沁水县工会的主席，同时他又是中共沁水县委会委员，被领导方面派往县东乡的蒲峪沟经修水库。

这年冬天，沁水县要开两个中型水库——较大的一个是由省投资，名山泽水库；其次一个就是这蒲峪水库，原决定由专区投资，后来因为由专区经修的水库多了些，又改作由县投资；两个库都由县里派人经修。

　　潘永福同志接受任务后，于十月二十七日随同十三个下放干部来到蒲峪。这时候，各公社派来的民工，离得近的也来了一些；县里早已通知水库附近村庄给他们找下了住处。

　　潘永福同志先到技术员已经画下的库址上看了一下，又上下跑了一跑，觉着库址有点不合适，不如往下游移一移，找了一会技术员，有人说技术员已经往其他小型水库上去了，过几天才能回来。

　　库址没有落实，坝基不能挖，只得先找一些别的活做。潘永福同志见工地附近有几孔多年没有住过人的旧土窑洞，就和同来的同志商量先拨些人收拾一下给将来的指挥部用；决定以后，就打发了几个同来的同志到附近村里去找先到的民工，自己也拿了带来的铁锨参加了这项劳动。

　　他走到一孔破窑洞旁边，见这孔窑洞的门面已经塌了，塌下来的土埋住了口，只剩一个窟窿还能钻进人去。他对这一类地下的土石工活也是老行家，认得该从哪里下手。他看准了土的虚实，就慢慢从上层挖虚土。一会，被拨来的民工也都陆续来了。有几个民工见这里已经有人动开手，也凑到这里来参加。一个民工问潘永福同志说："你是哪个村人？"潘永福同志说："嘉峰村的！""参加过水库工作没有？""还没有！"那人见他说没有参加过水库，觉着不足以和他谈水库上的事，就转问另一个民工说："可不知道这库是国库呀还是私库？"那个人回答说："这样大的库，大概是国库吧？"潘永福同志听了莫名其妙，就问他说："怎么还有私库？"那人说："你们没有做过水库工的人不知道：国库是上级决定的，由上级发工资；私库是县里决定的，不发工资，只把做过的劳动日记下来，介绍回自己家里的生产队里作为分红工。我看这个库是私库！""你从什么地方看出来的？""山泽水库是省里决定的。往山泽去的民工，都有公社干部参加带队；来这里的民工，没有人带队，只让各自来：不是私库是什么？""管他是不是国库？把工介绍到队里分红还不一样吗？""怎么会一样？国库的工资高！"潘永福同志觉着他这种看法传播到民工头脑中，对工作很不利，正想批评他一下，另一个民工替他说了话。这个人和原来说话的那个人认识，很不客气地批评他说："你这家伙思想有问

题！把工给你介绍回队里去分红，还不和你在家劳动一样吗？你是来修水库来了呀，还是来发财来了？"这个人不说话了。停了一阵，另几个民工又谈起到别的水库上做工的事来——哪个水库吃得好，哪个水库有纪律，哪个水库运输困难，哪个水库吃菜太少……好像他们都是不只在一个水库上做过工的。

潘永福同志把他们谈出来的事暗自记在心上，作为自己的参考，并且趁大部分民工还没有发现他是县里派来的领导干部之前，又到其他做零活的民工中参加了两天劳动，访得了更多的参考资料。

这时候，民工大部分来了——原调二千人实到一千四五百人；原调三十头牛，实到十三头。人来了就得组织起来干活。全体民工中只有一个公社来了个干部，其余都是各自来的，只好按地区民选干部，经过动员、讨论后，选出班、排、连、营、团各级负责人和司务长、炊事员等。

组织就绪，就应该开工了，只是技术员没有回来，坝基迁移问题不能决定。潘永福同志这时候又想出新主意来。他想：民工住的村庄，离工地都有几里远，每天往返两次，多误一个半钟头，用在工作上的劳力就等于打了八扣，不如就附近打一些窑洞，让全部民工都搬到里边来住；窑洞里挖出来的土垫到坝上，也和取土垫坝一样，并不赔工。主意一定，就从民工中选拔打窑洞行家，共选出四十个人，每人带粗工二十余人，选定了地址，五十多孔窑洞同时开工。此外，牛要吃草，到附近公社去买，运输不便，又决定选出人来在就近坡上割干白草——每割三百斤草算一个工，共割了三万斤，一直喂到来年青草出来还没有用完，改作柴烧了。

山泽和蒲峪两库都开了工，物资、工具、运输力都感到不足。潘永福同志想尽可能靠自己解决一部分困难，就发动民工自报特技：计报出铁匠十人（用五人）、木匠二十六人、石匠十三人、编筐匠二十人（用十人）、修车三人、缝纫一人（愿自带机）、剃头三人、补鞋二人……所用工具、各自有的回家去取，没有的买得来就买，买不到就借，也买不到也借不到的，等铁木工人开了工就地打造。后来各个行业都配备成套，就地试验取得定额，从此蒲峪水库工地上，放牛、割草、割荆、编筐、自己打铁、自己造车、理发店、补鞋摊、缝纫房、中药铺……各行各业，花花朵朵，在这荒无人烟的山谷中，自成一个小天地。有些民工说这里像个小梁山寨，比得有点道理，此是后话。

这样虽然能把一大部分民工临时用在为工程服务的工作上，但总还用不完，正经工总得施。潘永福同志自己对这样工程技术没有学过，只得尊重技术员的安排，把其余工人调到已经制定的坝基上去做清基工作。做了两天，县里派一位李思忠同志到这里来看开工情况。李思忠同志是一位水利工程的老技术员。潘永福同志把他领到工地上，向他说明自己的改变坝基的打算。潘永福同志说："从这里修坝，库容小，又是运土上坡；往下移一移，库容要比这里大几倍，又是运土下坡，卧管用的石头又能就地起取，不用运输。依我看是移一下合算，可是技术员不在，我自己又是外行，不知道是不是可以！"李思忠同志上下察看了一会说："你的看法完全对！应该移！"潘永福同志说："要可以的话，早移一天少浪费好多工。责任完全由我自己负，在技术上我听你一句话！你说可移我马上就停了上边的工，明天就移过来！"李思忠同志又答应了句肯定的话，第二天就移到下边新决定的坝基上重新开了工。

又隔了两天，技术员回来了。潘永福同志先向他说明了迁移坝基经过，并问他还有没有不同的意见，技术员表示完全同意。潘永福同志又请他测算一下两个库址投工、投资、容水等项的差别，计算的结果是：原来的需工四十三万个，现在的是四十五万个；原来的需资二十五万元，现在的是三十万元；原来的可容水八十万方，现在的是三百万方。潘永福对于土石方工程做得多了，一看到投工的数字，觉着和自己的见解有些出入。他向技术员说："我看用不了那么多的工，因此也用不了那么多的款。要知道原定的坝基是运土上坡，新改的坝基是运土下坡，一上一下，工效要相差两三倍。"

等到清完了坝基筑坝的时候，运起土来就是省劲，一个小车能推三百斤。取土的地形是开始走一段较平的坡，然后才是陡坡，可是到了陡坡边不用再往下推，因为坡太陡，只要一倒，土自己就溜下来了。有人建议用高线运输，潘永福同志说："用不着！这种没线往下溜，要比高线快得多。""那是技术革新！""这比那还要新！"

在五十里外定购了些石灰。石灰窑上和工地定的条约是一出窑就得全部运走，因为他们怕停放下来遇上了雨淋化了。可是水库工地上只有那十几头牛，每次全部拨去也不够用，何况有时候还有别的运输任务。调牲口调不来，自己烧石灰又没有青石，也是个不好办的事。有人说打窑洞打出来的土里，有一部分蜡姜石（是一种土色的石头，形状像姜，俗名蜡姜石），可以用来烧石灰。潘永福同志用做饭的小火炉试烧了几块，真可以烧成石灰，可是修成烧石灰的窑炉，就烧不成，试了几次都失败了。后来遍问民工谁见过蜡姜烧石灰，有一位姓孔的（忘其名）民工，原籍河南人，说他听说过要在个两头透气的窑洞里烧。潘永福同志根据老孔的启发，捉摸着打了个窑洞又去试烧，结果烧成了。一连烧了几次，取得的经验是一窑可烧一万三千斤，需柴（草柴）六至七千斤，时间是两昼夜零半天一次。一共烧成三十万斤，足够修这个水库用。这一试验成功后，附近各生产队曾派好多人来学习，这时候，已经到了一九六〇年春天，牛已经有青草可吃，把割下来没有喂完的干白草也作了烧石灰的柴。

种地的季节到了，潘永福同志见工地附近也有荒地，也有库容里被征购来而尚未被水占了的地，又有人粪、牛粪，又有用渠道正往外排的水，就想到自己种菜以免收购运输之劳，就又从民工中选出两个种菜能手，自己也参加进去，组成个三人种菜小组——在忙不过来的时候，由下放干部临时帮忙。后来生产的菜，除供全体员工食用外，剩下来的，每个下放干部还缴给县里一千五百斤生产任务。家里没有劳力的民工，有请假回去种自留地的，有特技的民工，因为工作离不开，不能回去种地，安不下心来，潘永福同志允许他们也在工地附近开垦小块土地，利用工地水肥来种植，产品归他自己。

有了这些安排，工程进行得相当顺利。不料到了夏季，发生了点小小变故——请假回家的人逐渐增加，而且往往是一去不回头。潘永福同志一调查，原因是从外边来的。原来山泽、蒲峪两个水库都不是单纯的拦洪库而是有活水的，可是因为地势不同，蒲峪的活水在施工期间可以由渠道排出，而山泽的活水则需要用临时的小库蓄起来。雨季来了，山泽的小库蓄着几

万方水，而且逐日增加，一旦来个山洪冲破小库，说不定会把已经做起来的半截坝完全推平。领导方面急了，把山泽未完成的土方分别包给各个公社，限期完成。各个公社怕到期完不成任务，只得增加民工，因为农忙时候劳力难调，有些就把蒲峪请假回去的改派到山泽去。同时，蒲峪库这时已经改为由县投资，"国库、私库"那种谣传，也影响得一部分落后的民工，以回家为名，暗自跑往山泽。潘永福同志见这原因不在工地内部，也想不出扭转形势的办法，只好每天向各公社打电话讨索请假回去的人。

有些公社，在潘永福同志去打电话向他们讨人的时候，他们说人走不开，问派些牛来能不能代替。潘永福同志觉着这正是扭转形势唯一的希望，赶紧和他们搞好具体的头数。一两天后，果然来了百余头牛，可是这些牛又都是骨瘦如柴，其中尚有一些带瘟病的。有些民工，认得一些牛是他们村里派往山泽工地的，就向潘永福同志说："潘部长（他们爱称他这个老衔头）！这都是山泽工地上拉车拉垮了的牛！快给他们退回去吧！"潘永福同志说："可是退不得！在没有劳力时候，这也是宝贝！""一个也不能用，算什么宝贝？""在他们那里不能用，到咱们这里就有用了！""为什么？""为什么？他们那里是运土上坡，路上又净是虚土。牛上坡一发喘，再吸上些灰土，就吃不进草去，怎么能不瘦？到咱们这里是运土下坡，开头拉得轻一点，每天少拉几个钟头，还是能养过来的！"潘永福同志收到这批牛之后，先请兽医检查过，把有瘟病的挑出来隔离开治疗，把其余的分为重病、轻病、无病三类：重病号除医药治疗外只放不用，轻病号每天使用四个钟头，瘦而无病的每天使用六个钟头，卸了车以后，都有专人成群赶到附近草坡上放牧。结果是瘟病的死了四头，其余的抢救过来；重病号养了一段时间又能拉车了；轻病号和瘦而无病的在使用中又都逐渐肥胖起来，恢复了正常的体力。原来是山泽把那些瘦牛病牛退还各公社以后，各公社听民工们说蒲峪工地的牛养得很胖，就把这些牛派到蒲峪来养。这也可以说是"两利"，这批牛对后来蒲峪工地的继续施工，起到一部分主力作用。

因为民工减少，蒲峪水库直至一九六〇年底，尚欠三万工未得完成，可是投资、投工都比原来的预算节约得多。

三、移矿近炉

一九六〇年秋收时节，各个水利、基建工地要把劳力压缩一部分回农村去收秋，蒲峪工地只剩了三百来人。潘永福同志因为在这里领导修水库，长期把自己负责的工会工作托付给会里其他同志做着，这时候水库工地上人少事少了，便想趁空回县里看看去，于是把工地上的事托付给指挥部的同事们，自己便回到县里。

这时候，县西南乡的中村铁厂，正修建着五里长一段运矿

的土铁路，也因为民工回家收秋而几乎停工。潘永福同志要到中村铁厂去，因为他又是县党委委员，县委会便托他顺路看一下有关土铁路的情况。他到达铁厂后，铁厂有人向他反映，有好多矿石已经从山顶用高线运输法运到了一个山沟里，只等这里的土铁路建成才能接运回来，要是土铁路停了工，矿石运不到，铁厂就不能开工。

　　潘永福同志觉着此事对铁厂关系重大，就到运输现场去观察了一番，见到的情况是这样：采矿的地方离铁厂十八里，地名轧儿腰，在一个山头上，原来有一条路可通胶皮大车。现在全线的运输设计是从矿洞所在的山头上把两条铁线架到个较低的山头上算作第一段高线，再从这较低的山头上把同样的铁线架到山沟底，算作第二段高线。这两段高线已经架通使用起来，只是较低的山头上卸矿和装矿还放不到一个地点，因此第一段溜下来的筐子无法就原筐子转挂到第二段线上，还得这一边倒在地上那一边再拿筐子装起搬运到第二段线头上去挂。现在正在修建的五里土铁路，是准备用来接这已经溜到山沟里的矿石的，不过只能接到沟口的较宽处，再往里边还有二三里路便成了陡岩狭谷无法修通，只好用人担出来再往车上装。潘永福同志看了之后一合计，觉着这样是个傻事：高线上每筐只能装一百斤，狭谷里每人也只能担一百斤。每筐装一次只算五分钟，卸下来倾倒一次只算一分钟，每筐或每担装卸一次共是六分钟，每吨每段就得两个钟头，三段共是六个钟头。需用六个钟头才能把一吨矿石送到土铁路上的车子上，若用胶皮大车运输，走下坡路只架一个辕骡每次也能一拉一吨，十八里路往返一次也不过用四个钟头。这套运法且不用说运，光装筐也比胶皮大车慢了。他把他这意见向铁厂的负责同志一说，铁厂同意了他的说法，就把土铁路的工停下来。

潘永福同志在中村遇上了个老汉，也是旧相识。潘永福同志问他说："你们这里除了轧儿腰，别处就没有矿吗？""十八条也有！""好不好？""和轧儿腰的一样！""十八条离这里多么远？""就在村西头，离铁厂半里远！""啊？"潘永福同志有点惊奇，接着便又问："铁厂的人不知道吗？"老汉说：

"说不清！人家没有和咱谈过！"潘永福同志又向铁厂说明了这个新的发现，并建议去刨一刨看。结果按照那老汉指点的地方刨出来了，和轧儿腰的矿一个样，只要查明蕴藏量够用的话，就用不着再研究轧儿腰的运输问题了。

以上三个例子，看来好像也平常，不过是个实利主义，其实经营生产最基本的目的就是为了"实"利，最要不得的作风就是只摆花样让人看而不顾"实"利。潘永福同志所着手经营过的与生产有关的事，没有一个关节不是从"实"利出发的，而且凡与"实"利略有抵触，绝不会被他纵容过去。这是从他的实干精神发展来的，而且在他领导别人干的时候，自己始终也不放弃实干。

读 与 思

主人公潘永福是一名优秀的农村干部，更是一个"从群众中来，到群众中去"的实干家，选文哪些细节可以展现出潘永福的实干？在第二个例子"小梁山工地"中，潘永福带领工人修蒲峪水库时遇到了哪些困难？面对这些困难，他又是如何解决的？从中可以体现出他怎样的精神品质？在第三个例子"移矿近炉"中，老汉和潘永福的几句简单对话就解决了铁厂负责同志难以解决的困难，你从中可以总结出怎样的经验教训？

白马的故事

导读提示

1929年，赵树理先后发表了小说《悔》和《白马的故事》。这两篇小说是赵树理早期写作风格的代表作，透过小说的情节叙述与环境描写、心理描写，可以看出他受到了新文学的深刻影响。本篇《白马的故事》叙述了老马仆张四哥和白马的故事。宁静的夏日午后张四哥在给心爱的白马刷洗毛发，突然而来的电闪雷鸣、疾风骤雨把白马惊得拼命地逃窜。白马在风雨中奋力地奔跑，精疲力竭，遍体鳞伤。当张四哥找到白马想狠狠地教训它时，却又因为心生怜爱而选择为它刷洗了毛发。在这篇小说中，赵树理用白马指代自己，而给他希望与慰藉的张四哥其实是作者的父母。作者用小说的形式，表现了青年时期被捕入狱的自己与命运抗争时的义无反顾。

有这样一个夏日的傍午，张四哥（一个老马仆）和他最爱的白马在松林下游息——这是他和它的日常生活。

松枝筛下的花荫，地柏笼罩着绿草，虽是赤日当空的夏午，林间的草上尚留着星星的残露。而香蕈也从地柏之网里强伸了秃头——一颗，又一颗，嘎！又两颗——好像给绿草添上黄色的眼睛。

张四哥见它（马）吃草之际，忽然把头扬起，静寂地鹄立于大松之旁，知道它已是吃饱了，遂从怀中把刷子取出来，给它整理蹄腕上被苔染绿而且凌乱了的雪色的毛，骤觉着一股刺骨的寒风扑面而来，吹得马尾也拂拂摆动。这明明是雨的信息，他也知道，他便收拾了刷子，预备赶了马回去。

不知什么地方来的大量的尘土，霎时把天空染成了红灰色——仿佛初扫的土场，蓦然一道金光，劈开了这红灰的天空一恍，山崩地裂的"砰隆"一声雷响，震得大地都跳了一跳。它被这一震，遂告了奋勇，使出它原有的唯一的本领来一跑。

张四哥此时如何赶它得上，只好找石崖避雨。

狂风从高的天空奔近了地面，把松林吹得潮一般的哗哗作响，再加上不断的雷声，奏成了这暴烈不和谐的音乐。大卷的黑云，又遮了红灰色的天空，把大地变做了夜一般的黑暗，时时闪恍。然而不能继续的电光，只送给地面上更多的恐怖，大雨滴夹着冰雹，打在松干上、石崖上，放爆竹似的把这暴烈不和谐的音乐调子更行提高，松枝不时被风折断，发出"呵呵""呵呵"的音响，免去暴烈的声音的单调。在这种情形之下，（它）只是箭一般地跑，盲目地跑，向后抿了耳朵，弯了头，弓了脖子振起了鬃，竖起了尾，两条前腿一并往前搭，后蹄一并往上掷，把蹄上带起来的泥土抛得枪弹一般地飞舞。

暴涨了的山谷，转动着石头轰轰作响，从断断续续的电光中，隐隐看见（几乎看不见）褐色的波涛，正在涌沸。它不顾一切地往前跑，两条前腿向谷里一搭，已纵入中流，无情的狂波，打得它翻了几滚。它幸而滚出岸来，抖擞一下，"嘶"的一声，更加紧张地跑，它的嘶声，在这各种声音之中，显得微弱，自己或者也没听到。

它在山麓里一往无前地跑，直向着一片荆棘的丛里窜，好像冲锋破敌的敢死将官，但还要比他更快到不知多少倍。它向上跑去，已跑到半山腰里，"崩隆拍拉"几块大石被雷撼得从山顶上往下滚。它从闪闪的电光中看见这可怕的怪物，更使它慌得吃惊，它使尽了平生本领折向侧面跑，倾斜的山腰使它踏不住步。它渐跑渐下，又跑到可怕的谷边，谷水比起先涨得更雄凶可怕——在电光中看见，水被崖石抵回来，激成了极高的飞花彩浪，再向前就形成谷口的悬崖飞瀑，这时的一切声音，已大得使人耳不暇听了。它沿着一线的崖岸，顺着谷水疯魔似的跑，跑到谷口（已到了悬崖绝壁不能再跑的境地），它又一掉头向旁边崖上跑去。

它又跑了很久，好容易找着一线可下的山坡，便飞也似的跑下去了。

这时，云已薄了，雨已小了，电光也渐渐淡了，风声也渐渐慢了，而它的力也尽了，嘶也止了，步也缓了。

夕阳西斜，天空轻轻地抹了彩霞。湖畔的芦荻，像新拭了的列在架子上的刀枪；青翠的小草，仿佛刚刚浴罢。雨珠留在草木叶上，被夕阳照得莹莹闪烁。堤上的垂柳，一株株整队地平平地排成一列，垂着微尾无力地轻俏地拂打。远山展开了一望无际的翠屏，归鸟在空际散队的疏落的游行。碧绿湖中，又缀了几多点水的蜻蜓。这一切的情形，在湖中又映成整个的倒影。

它在这湖畔的草地上，颓丧地无力地绕来绕去。步下有的是青草，湖里有的是清水，而它此时也懒于吃，也懒于饮。虽然它却不像从前那样的慌恐了；或者它觉着这里已经可以安身了。夕阳照得它的影子已经成了长条，平泻在地面；而它愈走愈慢，终于停了步失意地掉头四顾，但终不见一个人影。唉！

好可怜的一匹马啊!

一早晨,张四哥把着一根皮鞭,怒气冲天地向着湖畔找来(这已是第三天了)。他远远看见它低着头在湖畔吃草,暗暗骂道:"好牲畜!折磨得我乱跑了多少路。这回我管教你认得我!"他这会儿忘掉了它是他所爱的了。他打定主意要一把抓住了它的笼头,大挥起鞭来打,向它的股上打,腰上打,腿上打……凡是可打的地方都要打遍;打得它跳,颤抖着跳,闪避着跳;打得它叫,悲哀地叫,绝望地叫。他远远看见它,已经是这样打了它好几遍——在他思想上是这样。

它吃着草听到了他的脚步声。它抬起头来,看见平日最爱它的张四哥,它对他立正,两耳尖向前直指着,粗胖而柔软的嘴唇"哺哺……"地振动,两颗大而晶莹的眼珠并向正中,表出无限的亲爱——好像失路的孤儿,中途遇到了母亲。

他虽紧握鞭走近了它,但它究竟是他所爱的。他看见它眼中所含着的希望,好像绝望的人得到了救命者,他又看见它向来雪白的毛色,又全变了土色,扭旋着,无次序地被胶泥粘贴在皮肤上,而鬃和尾毛又揉得像乱麻一般;两眼角下黑油油两道泪痕,两睫上不知在什么地方撞破了而尚含着败血,而腹部及腿上尚有许多被荆棘划破了的伤痕也已经结成了新痂,这就是他平日最爱的洁无纤尘的白马。他看着它几乎要哭出来,他不介意地把皮鞭丢下,绕着它周身循察,愈发觉了它的更多的伤痕。而它也屡次弯着项看他，好像是怕他弃它而走。

最后他又从怀中取出木梳和刷子，牵它进了湖边，就着湖中的清水给它梳洗。平静的水面，此时悠悠地泛开波纹了。

一九二九年十一月廿七日

读 与 思

　　环境描写是本篇中的一大亮点。或是夏日午后的安宁，或是电闪雷鸣、疾风骤雨，或是雨后世界的清新，在作者笔下呈现得真切而生动。这些环境描写对于推动白马的故事有什么作用呢？除了自然环境描写外，作者还抓住了张四爷手里的刷子和鞭子进行渲染，这样的细节描写对塑造人物有怎样的效果呢？

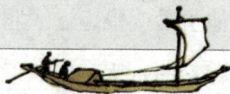

探女

《探女》是由赵树理创作的独具特色的一篇小说。小说开头用一句话交代了人物——马大娘与女儿，随后便都是二人的对话。通过母女二人你一言我一语的对话描写，揭露了相隔不远的两个村子，却有着人间、地狱天壤之别的现实差异。作者还借此深刻地揭露了日本鬼子对中国农村的无耻侵略，对中国农民的严重迫害，宣传了中国人民齐心抗战的必要性与中国必胜的坚定信念。小说语言简洁有力、朗朗上口，押韵的语言形式紧贴人民大众，形式新颖，易于传诵。

过了惊蛰是春分，马大娘去探女儿与外孙。

"妈！走着来的吗？天气好冷！"

"不冷，不冷！呀！几天没见，小狗长得好俊！"

"小狗！接住姥姥的篮儿、拐棍！妈，你空来好了，为什么还要费心？"

"没甚！我给小狗打了几个干饼！小狗他爹有信没信？"

"有信！在 × 旅 × 团三营！"

"我真替你操心：眼看快到清明，家里也没有个男人，谁给你犁地担粪？"

"有人！我们这里是根据地，村里住有抗日军，军队也帮助春耕，县政府也有命令，谁家有人当了抗日军，家里自然有人照应！军队的驮骡，前几天还借给我驮粪！"

"看你们这里多么公平！兵也好，官也清！我那里可真不行：村里住着鬼子兵，要钱要粮要牲口要人，真正逼得要命！天也暖和雪也消尽，正好犁地担粪，可是鬼子的差事真紧，连牲口带人，三天两头要进城，累得你爹一身病！"

"我哥在家做甚？"

"再不要提你哥！提起来教人伤心：去年冬天鬼子下了命令，逼得你哥去太原受训，直到如今没书没信，有的说当了皇协，有的说当了巡警！"

"妈呀，你看多么气人！两村不过二十里远近，这里就听不到一点音信。正月初三我去给你拜年，走到村边鬼子挡住不教进。"

"不教进算你走运！村里的年轻女人，一碰上鬼子就该败兴！唉！也不知几时才能太平？鬼子不走咱老百姓还能有命？"

"慢慢熬吧！铁梁磨绣针，功到自然成。去年冬天我在妇救会受训，领了一本课本。那书上说男男女女，有一分力量要尽一分责任。持久抗战全凭大家齐心，打到最后，咱中国一定要胜，打走了日本，就能太平！"

读 与 思

分角色朗读，通过人物语言感受人物形象。作者仅通过人物对话表现时代背景，这样的写作手法有怎样的表达效果？结合当时的写作背景，思考本篇小说的功能性、目的性。可以尝试将小说进行二次创作，例如选择马大娘或女儿任一视角，采用第一人称写一写所在村庄发生的故事。

悔（节选）

提导读示

《悔》和《白马的故事》可以说是赵树理的处女作，《悔》讲述的是小学生陈锦文因品行不规，屡教不改，最终被学校开除的故事。本文节选了被学校开除的陈锦文痛苦悔恨、不愿回家，而不得不躲在窗下听父亲和乡人聊天的片段。小说以第三人称视角，着力剖析主人公的心理，展现人物的内心活动，带给读者真实细腻如临其境的阅读体验。

"本校示：照得高级科一年级生陈锦文，品行不规，屡惩无悔，着即开除名额，以戒效尤。切切此布。"

这一块牌示，在他脑子里死定着，使他失去一切意识和感觉，从离家二十里的明达小学奔回家来。

狂风呼呼地怒号，路旁的树，挺着强劲的秃枝拼命地挣扎。大蓬团不时地勇往直前地在路上转过，路旁的小溪，两旁结成了青色的坚冰，大半为飞沙所埋没；较近水心些儿，冰片碎玻璃般地插迭起来；一线未死的流水，从中把这堆凌乱的东西划分两面。太阳早已失却了踪迹，——但也断不定它是隐在云里，还是隐在尘里。

他从下午一点钟从明达小学起程，现在刚走了十余里。学校那块牌示，在他脑中已不知循环了多少次；尤其使他不能忘却的，是牌示上面他的名字（陈字）包含怒气一个大红朱点。狂风卷着风沙狠命地摔在他脸上，虽然他使用小手时时掩面，但这都在他意识范围之内，他只觉得："本校示照得……陈锦文……"

他脸上突然受到极酷刻的刺激！好像无数针尖的锋射——遂使他的感觉从那块木牌上移向到当前的环境上来：呀！满地撒白米似的布满了霰点，天空出现些变化无常黑白不均的旗团，远近望不见一点人影。"呀！快跑！"他这样鞭吓着自己，把嘴张到最大的程度喘着气。他自己的村落，已呈露在面前了。这时天色已全部变得灰白。雪片鹅毛般地飞扬，地上好像铺了一层厚毯似的，他脚下发出了"咯吱！""咯吱！"的声音，他的腿已软了，鞋袜已经湿透了，他恨他的嘴不能再张大些，尽量地送出这口挹郁之气。但因为看见自己村落的缘故，他的步度更加紧起来——虽然他的腿已软了。

刚跑到村口，他忽然停住脚步，喘息着寻思着："从街上走不是要碰见人吗？要问我'回来做什么？'……呀！不对！"他的家在村东边的人烟尽处。他最后决定从村北边的大墙外边的田间走，于是他便在绝无痕迹的田间雪上独辟蹊径，

"跑！快跑！"他仍想着。

他跑到自己的院门口，看见门窗掩着，于是便伸手先推门。但是一伸手，使他打了一个寒战，蓦地把手缩回来，两条腿不由自主地退下台阶。另一幕心事，又在他脑中拉开了："爸爸在家吗？好歹他不在家吧！设使他要在家，他一定要问……呀！无论他怎样问，我都没有答他的话。也许他不问吗？不！他一定要问，还是先到窗子外边听听……"他这样想着绕过了邻家的屋角，转到东边山墙后边的窗下（这正是他父亲住的房屋）。他听见有人正在咳嗽（凭了他的直觉，是他邻家何大伯和他父亲聊天。何大伯是老人的别号。因为他常在别人家里谈天，差不多是他的职业，所以村里人无老无幼都叫他何大伯。于是"何大伯"三字，便由称呼而变做别号了）。

"现在的人，实在神奇。"何大伯道，"几百里远就能说话，一天就能走几百里路，这些不定给那些有福人预备下的。可见真主快要出世了。"

"唉！别这样说吧，何大伯！"他（陈锦文）父亲把头扭了一下，便郑重地说，"别给了人家听了笑话。"

"我不信没有真主还成？"何大伯执拗着。何大伯和人家谈天的材料，大半取自这里！虽然自己也并不完全相信。

"从古来说吧！"他父亲把几根短胡摸了一下，袭用了托古改制法，把民权主义引来给何大伯讲，"当尧舜时代，就是百姓们举朝廷——和咱乡间公举社首一样，人人都有选举权，后来就有人从中取利，把自己的身份抬高，硬把自己的座位当作自己的祖宗事业，子子孙孙相传起来。现在的人比从前聪明得多了，所以觉得自己是有主权的，便直截了当地不要朝廷，而大家公举办事的人……"

"唔！究竟念几天书好得多咧！什么风俗行起来，都知道是为什么……"何大伯显出屈服而自负神气点着头。

"对！不过像咱们这一辈子人还不打紧，到了阿旺（何大伯的儿子）他们那一辈子，便非念书不行了，要不……"

"阿旺我教他做庄稼吧，这孩子太笨，念书是不成的。"

"唉！这是你没有把世界事看透，到了他长大的时候，世道就不是这样了；人人都是主人。国家大事虽不是自己亲办，然而大家却都要拿主意。就是做庄稼，也不能像现在的庄稼人——什么都不懂。"

"他还小呢！再……"

"小什么！不是八岁了？已经过了入学期了，我锦儿也是八岁入学校的。"

"敢比你锦儿吗？那孩子多么透脱啊！"何大伯张大两只红眼，摇着头，身子向后微靠了些。

"啪！"门帘夹板响了一声。

"陈先生！信！"一个粗而怪听的声音。

"哪儿来的？"何大伯问。

"明达小学，大概又是明天开恳亲会啦。"

"给谁恳情？"

"不是恳情会，是恳亲会，意思就是说……"

他在窗外忽然听到明达小学的信。

"唉！完了！信里千万不是我今天的事吧！是，一定是！不是吧！不是吧！不是……"他这样的用全副精力盼望着，祝祷着信里不是他的消息，不知不觉地转过身来：夜使默默地垂下幕来囊括了大地，风已息了，树的枝干正在商商地肿起，而且继续着肿，大地死般地静止。只有绵绵的白雪无声无息地正向着睡熟了的地上堆来，除了他所立的檐下被灯光微映着而能辨出被雪堆成的一尺余高的一层白色的阶台；远处望去只觉得是一个暗淡灰白的大圈子。他也不记得灯光是几时出。他只是全身抖个不住，上下牙炒豆儿似的相击，"信里不是……吧！"

一九二九年

读 与 思

　　主人公陈锦文在得知自己被开除后的心路历程是怎样的？小说中哪些细节可以印证小说的题目"悔"？选文中对"雪"的描写对于人物塑造与主题渲染有何作用？你是否有过类似主人公这样的心理感受？摘抄让你感触最深的心理描写句段，积累好句并尝试运用。

刘二和与王继圣（节选）

导读提示

刘二和与王继圣，同是十一二岁的孩子。一个放牛看庄稼，一个上学满口脏话；一个是逃荒老刘的儿子，一个是村长王光祖的儿子；刘二和家恰巧租了王继圣家的荒草坪。他俩之间会发生怎样的故事？本文选自赵树理的同名小说《刘二和与王继圣》的第一章《学校与山坡》，作者借写两个孩子之间发生的故事，想表现的是佃农与地主两个阶级之间的矛盾。令人惋惜的是，这是一部没有写完的小说，两位主人公最后的结局我们不得而知。文中生活化的语言，特别是对于孩子的心理描写生动而传神。

一九三四年秋天，有一天后晌，黄沙沟的放牛孩子们——二和、满囤、小囤、小胖、小管、铁则、鱼则——七个人赶了

大小二十四个牛到后沟的三角坪去放。

这三角坪离村差不多有二里路，是一块两顷来大的荒草坪。因为离村远，土头也不厚，多年也没有人种它，事隔远年了，村长王光祖就说是他家的祖业，别人也没有谁敢说不是。就算是他的吧他也不开，荒草坪仍是荒草坪。放牛孩子们都喜欢到这里来放牛——虽说远一点，可是只要把牛赶上坪去，永不怕吃了谁的庄稼。这几年也有点不同：逃荒的老刘问过了王光祖，在这坪上开了几亩地，因此谁再到坪上来放牛，就应该小心点。话虽是这么说，小心还得老刘自己加，因为他是外来户，谁家老牛吃了他的庄稼也不赔他。

平常来这里放牛的孩子们本来要比这天多，因为这一天村子里给关老爷唱戏，给自己放牛的孩子们都跟他们的爹娘商量好了，要在家里等着看戏，只有他们七个人是给别人放，东家不放话，白天的戏他们是看不上的。他们每次把牛赶到坪上，先要商量玩什么。往常玩的样数很多——掏野雀、放垒石、摘酸枣、捏泥人、抓子、跳鞋、成方……这一天，商量了一下，小囤提出个新玩意。他说："咱们唱戏吧？兔子们都在家里等看戏啦。咱们看不上，咱们也会自己唱！"

"对！可以！"七嘴八舌都答应着。

小管问："咱们唱什么戏？"

小胖说："咱们唱打仗戏！"

大家都赞成了，就唱打仗戏。他们各人都去找自己的打扮和家伙，大家都找了些有蔓的草，这些草上面有的长着黄花花，有的长着红蛋蛋，盘起来戴在头上，连起来披在身上当盔甲；又在坡上削了些野桃条，在老刘地里也削了些被牛吃了穗的高粱秆当枪刀。二和管分拨人：自己算罗成，叫小囤算张飞，小胖、小管算罗成的兵，铁则、鱼则算张飞的兵。

满囤说："我算谁？"

二和看了一下，两方面都给他补不上名，便向他说："你打家伙吧！"

戏开了，满囤用两根放牛棍在地上乱打，嘴念着："冬锵冬锵……"六个人在一腿深的青草上打开了。他们起先还划了个方圈子算戏台，后来乱打起来，就占了二三亩大一块，把脚底下的草踏得横三竖四满地乱倒。

满囤在开戏时候还给他们打家伙，赶到他们乱打起来就只顾看，顾不上打，后来小胖打了鱼则一桃条，回头就跑，鱼则挺着一根高粱秆随后追赶，张飞和罗成两个主将也叫不住，他们一直跑往坪后的林里去了。满囤见他们越唱越不像戏，连看也不看他们了，背过脸来朝着坪下面，看沟里的水。

一会，沟里的转弯处又进来四个孩子。满囤先看见了，便叫道："那是谁呀？"又回头向二和他们道："不用唱了！你们看沟里又来了些谁？"二和、小囤、小管、铁则也都停了打，跑到坪边站成一排看沟里来的人。小胖和鱼则，远远听说有人来了，也都跑回来挤到排里。

下边来的人喊："二和！小囤！你们头上戴的是什么？你们玩什么？"

二和也喊："我们唱戏。那是谁？是喜宝？是满土？后面那两个是谁？"

喜宝和满土都说："那是宿根和小记！"

小胖又问："你们不上学了吗？为什么来放牛坡玩？"满土说："庙里一唱戏就没地方念书了，先生说就放了秋学吧！"

提起唱戏，他们七个人又齐声问："戏来了没有？"

满土说："没有啦！听说天黑了才能来！"

小囤悄悄说："该！叫狗×们看吧！"

喜宝、满土、宿根、小记四个人正跑到坡根还没有上坡，又听着沟前边哗啦哗啦银铃响，一个穿着红花夹袄戴着联锁绳的孩子随后赶来。这孩子，论岁数和前边来的那四个差不多，都是十一二岁。他一转过弯来便喊道："叫你们等等你们听见没有？×你妈的！不等老子，再上了学叫先生打不死你狗×们？"前边走的那四个也奇怪，果然不敢不等他，都在坡下停着步。

上边，小管指给大家说："看那是个谁？"

小囤说："还不是继圣？"

小管说："到底是村长的孩子！看人家多么阔气！"

二和悄悄说："害人精！可真是他爹的种！"

小管摆摆手说："人家听见了你又该吃打啦！给人家做活

还敢惹人家？"

二和说："他不是驴耳朵！"

说着他们这五个人也上了坪。前边的四个上来了，继圣仍然落在后面。前面的四个，一见这毛茸茸的大草坪，都喜得又叫又跳，打滚的打滚，翻筋斗的翻筋斗，只有这继圣一个，气喘吁吁赶上了大家，就坐在草地上喘气。

喜宝翻了个筋斗起来向继圣说："继圣哥你会？"

继圣说："×你娘，那还算个本事啦。"说着也翻了一个。

小记指着继圣说："看你把联锁绳上的铃铃压扁了！"

继圣提起项上联锁绳一看："呀！坏了！"说着捏了一捏，仍是扁的，就向那四个人骂道："×你娘！我回去告先生说，就说喜宝、满土、宿根、小记，把我引到放牛坡，把我的铃铃打扁了！"

四个人也不打滚了，也不翻斤斗了，谁也不敢分辩，谁也不敢回话，只有七个放牛的不受先生管，看见继圣当面扯谎，就挤眉弄眼笑个不止。继圣见他们笑自己，正没法抵挡，忽然看见里面也有二和，就骂道："×你娘二和！你笑什么？我回去告老领说，就说二和不好好放牛，戴着满头花花光说玩啦！"别的放牛孩子们看见他这样，都哈哈大笑起来。

五个学生和七个放牛孩合了伙，重新讨论玩法。小胖提出"到沟里耍水去"，大家差不多都赞成，只有二和不愿参加。二和说："把牛放在坪上大家都去沟里玩，俺怕牛跑到俺地里去。"

可是一个人拗不过大家，大家都说："那你就在坪上吧！俺们都到沟里玩玩！"说着就都走了，把二和一个人留在坪上。

二和不是不愿玩，只是不能随便离开坪上。他一家四口人（他爹、他娘、他哥哥和他）只种了这一块块荒地，离村又远，土头又薄，除了给村长缴租、贴粮、贴社，余下的粮食本来就不够吃，哪还经得起糟蹋？就是天天加着小心，放牲口的多了，也年年是地边一耙宽没有穗。有一年，老刘两天没到地里去，不知道谁的牛就给吃了半块谷，到了秋天，粮钱社钱租子都还是照样出，只是苦了自己。那时候，二和就给村长王光祖放牛，老刘就跟他说："迟早到放牛坡，都要留心看一看，不要叫谁的牲口到咱地里糟蹋。"二和这孩子很精干，自从听了他爹的话，每天赶上牛总在这三角坪左右放。在忙时候，有他爹跟他哥哥在地里做活，他还可以玩玩，这几天已是秋收时候，三角坪地势高，庄稼成得晚，收割不得，他爹跟他哥哥趁空子在村里打忙工，好几天没有到这块地里来，因此他更不敢离

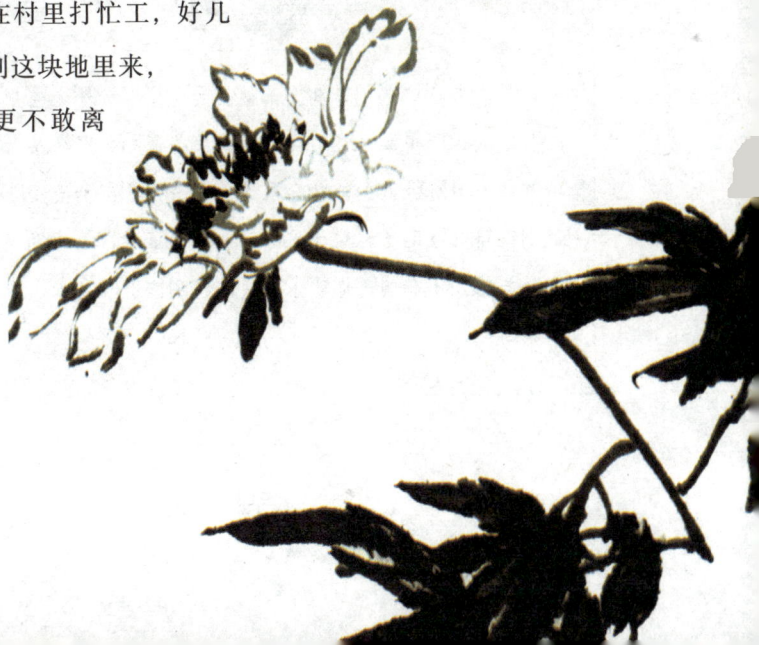

开这里让几十头牛随便乱跑。别的放牛孩子们，觉着有二和给他们看牛，玩着更放心些，因此也不再拉他，就把他一个人丢在坪上，自己都往沟里玩水去了。

他们下了坪，走到水边，多数人主张玩"水汪冲旱汪"。学生们中间，只有喜宝会玩这个，其余四个不知道，便问"啥叫个水汪冲旱汪"，小囤给他们解释道："把人分成二伙，一伙在上水堵个汪，满满堵一汪水，叫水汪。另一伙在下水堵个没水的汪，叫旱汪。上水的水汪堵成了猛一放，要是把下水的旱汪一下冲破，就算旱汪堵得不好，堵旱汪的就算输了；要是一下冲不破，那就是水汪堵得太小，堵水汪的就算输了。这就叫水汪冲旱汪。"他这么一解释，继圣、满土、宿根、小记觉得这种玩法很新鲜，也都同意了。

读 与 思

　　本文在塑造刘二和与王继圣两个主人公外，还刻画了其他孩子的形象，你对谁的印象最为深刻？这些孩子对于身处不同阶级的刘二和和王继圣又有着怎样的态度呢？特别值得关注的是，对于王继圣的当面扯谎，放牛娃和学生的表现大不相同，你能依据文章猜测他们各自表现背后的原因吗？

地板

提示 导读

　　"地板"，即"土地的面积"。文章开篇先引出地主王老四，他秉持"粮食是地板所换"的观点，对土地改革心存质疑。此时，小学教员王老三站了起来，对王老四现身说法，文章主体故事由此展开。王老三回忆了往事：因灾荒饿死佃户而自己破产，最后一家人不得不亲自开地种粮却屡经挫折……借助自己的真实遭遇，王老三向王老四说明粮食是劳动力换的，不是"地板"换的。这篇小说一发表便成为土改运动干部的必读书。小说主体故事采用了第一人称叙述，便于展现王老三对于劳动的真实体验与感悟。文中多次出现的"老弟"是王老三对王老四的称谓，现场感强，让读者切身感受到劝解人的言辞恳切。

　　王家庄办理减租。有一天解决地主王老四和佃户们的租佃关系，按法令订过租约后，农会主席问王老四还有什么意见没有，王老四说："那是法令，我还有什么意见？"村长和他说：

"法令是按情理规定的。咱们不只要执行法令，还要打通思想！"王老四叹了口气说："老实说：思想我是打不通的！我的租是拿地板换的，为什么偏要叫我少得些才能算拉倒？我应该照顾佃户，佃户为什么不应该照顾我？我一大家人就是指那一点租来过活，大前年遭了旱灾，地租没有收一颗，把几颗余粮用了个光，弄得我一年顾不住一年，有谁来照顾我？为什么光该我照顾人？"农会主席给他解释了一会，区干部也给他解释了一会，都说粮食是劳力换的，不是地板换的。解释过后，问他想通了没有，他说："按法令减租，我没有什么话说；要我说理，我是不赞成你们说那理的。他拿劳力换，叫他把我的地板缴回来，他们到空中生产去！你们是提倡思想自由的，我这么想是我的自由，一千年也不能跟你们思想打通！"

小学教员王老三站起来面对着王老四讲道：

"——老四！再不要提地板！不提地板不生气！

"你知道！我常家窑那地板都怎么样？从顶到凹，都是红土夹沙地，论亩数，老契上虽写的是荒山一处，可是听上世人说，自从租给人家老常他爷爷，十来年就开出三十多亩好地来；后来老王老孙来了，一个庄上安起三家人来，到老常这一辈三家种的地合起来已经够一顷。论打粮食，不知道他们共能打多少，光给我出租，每年就是六十石。如今啦，不说六十石，谁可给我六升呢？

"大前年除了日本人和姬镇魁的土匪部队扰乱，又遭了大

旱灾，二伏都过了，天不下雨满地红。你知道吧！咱村二百多家人，死的死了，跑的跑了，七零八落丢下了三四十家。就在这时候，老常来找我借粮，说老王和老孙都饿得没了办法，领着家里人逃荒走了。后来老常饿死，他老婆领着孩子回了林县，这庄上就没有人了。——我想起来也很后悔，可该借给人家一点粮。

"那年九月间，八路军来打鬼子的碉堡，咱不是还逃到常家窑吗？你可见来：前半年虽没有种上庄稼，后半年下了连阴雨，蒿可长得不低，那一片地也能藏住人。庄上的房子没人住了，牵牛花穿过窗里去，梁上有了碗口大的马蜂窝。那天晚上大家都困乏了，呼噜呼噜睡下一地，我可一夜也没有睡着。你想：我在咱本村里，就只有南墙外的三亩菜地，那中啥用？每年的吃穿花销，还都不是凭这常家窑的顷把地吗？眼见常家窑的地里，没有粮食光有蒿，我的心就凉了半截。

"这年秋天，自然是一颗租子也没有人给。咱们这些家，是大手大脚过惯了的，"钟在寺院音在外"，撑起棚子来落不下：冬天出嫁闺女、回礼物、陪嫁妆、请亲戚、女婿认亲、搬九，哪一次也不愿丢了脸，抬脚动手都要花钱，几年来兵荒马乱，鬼子也要，姬镇魁也抢，你想能有几颗余粮？自己吃的是它，办事花的也是它，不几天差不多糟蹋光了。银钱是硬头货，虚棚子能撑几天？谷囤子麦囤子，一个一个都见了底，我有点胆寒，没等过了年就把打杂的、做饭的一齐都打发了。

"七岁的孩子能吃不能干，你三嫂活了三四十岁也是个坐在炕上等饭的，我更是出门离马不行的人。这么三个人来过日子，不说生产，生的也做不成熟的。你三嫂做饭扫地就累坏了她，我喂喂马打个油买个菜也顾住了我，两个人一后晌铡不了两个干草，碾磨上还得雇零工。

"过了年，接女婿住过了正月十五，囤底上的几颗粮食眼看扫不住了，我跟你三嫂着实发了愁。依我说就搬到常家窑去种我那地，你三嫂不愿意，她说三口人孤零零地去那里不放心。后来正月快过完了，别人都在地里送粪，我跟你三嫂说："要不咱就把咱那三亩菜地也种成庄稼吧？村边的好地，收成好一点，俭省一点，三亩地也差不多够咱这三口人吃。"她也同意。第二天，我去地里看了一下，辣子茄子秆都还在地里直撅撅长着，我打算收拾一下就往地里送粪。

"老弟！我把这事情小看了，谁知道种地真不是件简单的事！不信你试试！光几畦茄子秆耽误了一前晌：用镰削，削不下来；用斧砍，你从西边砍，它往东歪；用镢刨，一来根太深，二来枝枝碍事，刨不到根上。回家跑了三趟，拿了三件家具都不合适，后来想了个办法：用镢先把一边刨空了，扳倒，用脚踩住再用斧砍。弄了半晌还没有弄够一畦。邻家小刚，挑着箩头从地里回来，看见我两只手抡着斧剁茄根，笑得合不住口，羞得我不敢抬头。他笑完了，告我说不用那样弄，说着他就放下箩头拿起镢来刨给我看。奇怪！茄秆上的枝枝偏不碍他的事！哪一枝碰镢把，就把哪一枝碰掉了。他给我做了个样子就刨了一畦，跟我半前晌做的一般多。他放下镢担起箩头来走了，我就照着他的样子刨。也行！也刨得起来了，只是人家一镢两镢就刨一颗，我五镢六镢也刨不下一颗来。刨了不几颗，两手上磨起两溜泡来；咬着牙刨到晌午才算刨完，吃了饭，胳膊腿一齐疼，直直睡了一后晌。

　　第二天准备送粪。我胳膊疼得不想去插（插是往驮子里装的意思。因为用锨插进粪里，才能把粪取起来，所以叫"插"），叫你三嫂去，这一下把她难住了。她给她娘守服，穿着白鞋。老弟！我说你可不要笑，你三嫂穿鞋，从新穿到破，底棱上也不准有一点黑，她怎么愿意去插粪呢？可是粪总得用

人插，她也没理由推辞，只好拿着铁锹走进马圈里。她走得很慢，看准一个空子才敢往前挪一步，小心谨慎照顾她那一对白鞋，我在她背后看着也没有敢笑。往年往菜地里上的粪，都是打杂的从马圈里倒出来，捣碎了的；这一年把打杂的打发了，自然没人给捣。她拿着一张锹，立插插不下去，一平插就从上面滑过去了，反过锹来往回刮也刮不住多少，却不幸把她一对白鞋也埋住了。老弟！你不要笑！你猜她怎么样？她把锹一扔，三脚两步跑出马圈来，又是顿，又是蹾，又是用手绢擦，我在一旁忍不住笑出来。我越笑，她越气，擦了半天仍然有许多黄麻子点；看看手，已经磨起了一个泡来，气得她咕嘟着嘴跑回去了。得罪了老婆，自然还得自己干，不过我也不比人家强多少，平插立插也都是一样插不上，后来用上气力尽在堆上撞，才撞起来些大片子。因为怕弄碎了不好插，就一片一片装进驮子里去。绝没有想起来这一下白搭了：备起马来没人抬——老婆才生了气，自然叫不出来，叫出来也没有用；邻居们也都不在家，干看没办法；后来在门口又等到小刚担粪回来，他抬得起我抬不起，还是不算话。两个人想了一会，他有了主意，把粪又倒出半驮，等抬上以后他又一锹一锹替我添满，这才算插出第一驮粪。这一下我又学了一样本领，第二驮我就不把驮子拿下来，只把马拴住往上插，地不够一百步远，一晌只能送三驮，因为插起来费事。

　　"老弟！这么细细给你说，三天三夜也说不完，还是粗枝大叶告诉你吧!

"粪送到地了,也下了雨,自己不会犁种,用个马工换了两个人工才算把谷种上。

"村里牲口都叫敌人赶完了,全村连我的马才只有三个牲口。八路军来了,人家都组织起互助组,没牲口的都是人拉犁。也有人劝我加入互助组,我说我不会做活,人家说:"你不能多做,少做一点,只要把牲口组织起来就行。"那时候我的脑筋不开,我怕把牲口组织进去给大家支差,就问人家能不参加不能。人家说是自愿的才行,我说:"那啦我不自愿。"隔了不几天,人也没吃的了,马也没有一颗料,瘦干了,就干脆卖了马养起人来了。

"谷苗出得很不赖,可惜锄不出来。我跟你三嫂天天去锄,好像尽管锄也只是那么一大片,在北头锄了这院子大一片,南头的草长起来就找不见苗了。四面地邻也都种的是谷,这一年是丰收年,人家四面的谷都长够一人高,我那三亩地夹在中间,好像个长方池子。到了秋收时候,北头锄出来那一小片,比起四邻的自然不如,不过长的还像个谷,穗也秀得不大不小,可惜片子太小了。南头太不像话,最高的一层是蒿,第二层是沙蓬,靠地的一层是抓地草。在这些草里也能寻着一些谷:秀了穗的,大的像猪尾巴,小的像纸烟头,高的挂在蒿秆上,低的钻进沙蓬里;没秀穗的,跟抓地草锈成一片,活着的像马鬃,死了的像鱼刺,三亩地打了五斗。老弟!光我那一圈马粪也不止卖五斗谷吧？我跟你三嫂连马工贴上，一年才落下这点收成，要不连这五斗谷也打不上。这一年，人家都是丰年，我是歉年，收完秋就没有吃的了。

"村里人都打下两颗粮食了，就想叫小孩子们识几个字，叫干部来跟我商量拨工——他们给我种那三亩地，我给他们教孩子。我自然很愿意，可惜马上就没有吃的。村里人倒很大方，愿意管我饭，又愿意给你三嫂借一部分粮，来年给我种地还不用我管饭。这一下把我的困难全部解决了，我自然很高兴，马上就开了学。

"这是前年冬天的事。去年就这样拨了一年工，还是那三亩地，还种的是谷，到秋天打了八石五。老弟！你看看人家这本领大不大？我虽是四十多的人了，这本领我非学不可！今年村里给学校拨了二亩公地，叫学生们每天练习一会生产啦！我也参加到学生组里，跟小孩们学习学习。我觉着这才是走遍天下饿不死的真正本领啦！

"老弟！在以前我也跟你想的一样，觉着我这轿上来马上去，遇事都要要个排场，都是凭地板啦，现在才知道是凭人家老常老孙啦！唉，真不该叫把人家老常饿死了来！我看我常家窑那顷把地不行了，地广人稀，虽然有些新来的没地户，可是汽车路两旁的好地还长着蒿啦，谁还去种山地？再迟二年，地边一塌，还不是又变成"荒山一处"了吗！

"老弟！再不要跟人家说地板能换粮食。地板什么也不能换，我那三亩菜地，地板不比你的赖，劳力不行了，打的还不够粪钱；常家窑那顷把红土夹沙地，地板也不赖，没有人只能长蒿，想当柴烧还得亲自去割，雇人割回来，不比买柴便宜。

"老弟！人家农会主席跟区上的同志说得一点也不差，粮食确确实实是劳力换的，不信你今年自己种上二亩去试试！"

読 与 思

作者在叙述王老三借自身经历劝解王老四的主体故事时采用了什么记叙顺序？为了表现王老三一家人亲自开地种粮的艰难窘迫，作者着力描绘了哪几个场景？哪个场景让你印象最深刻？小说虽然写的是王老三与王老四的面对面交谈，但并没有写到王老四的回应，作者这样写的好处是什么？

邪不压正（节选）

导读提示

1948年，赵树理创作了中篇小说《邪不压正》。这篇小说一发表，便引起了争论，争论的内容集中于小说的主题。本文节选自《邪不压正》开头的文字。文章开篇交代了矛盾冲突的两家人——有钱有势的刘家与被迫嫁女的王家。一场婚姻牵扯出来的是两家悬殊的地位与累积的矛盾，面对婚姻，王家人又都有着各自的想法。孰邪？孰正？对于小说的主题你又会有怎样的理解呢？让我们从阅读开始吧。

"太欺人呀！"

一九四三年旧历中秋节，下河村王聚财的闺女软英，跟本村刘锡元的儿子刘忠订了婚，刘家就在这一天给聚财家送礼。聚财在头一天，就从上河村请他的连襟来给媒人做酒席，忙了一天，才准备了个差不多。

　　十五这天，聚财因为心里有些不痛快，起得晚一点。他还没有起来，就听得院里有人说："恭喜恭喜！我来帮忙！"他一听就听出是本村的穷人老拐。

　　这老拐虽是个穷人，人可不差，不偷人不讹诈，谁家有了红白大事（娶亲、出丧），合得来就帮个忙，吃顿饭，要些剩余馍菜；合不来就是饿着肚子也不去。像聚财的亲家刘锡元，是方圆二十里内有名大财主，他偏不到他那里去；聚财不过是个普通庄户人家，他偏要到他这里来。他来了，说了几句吉利话，就扫院子、担水，踏踏实实做起活来了。

　　聚财又睡了一小会，又听他老婆在院里说："安发！你早早就过来了？他妗母也来了？——金生！快接住你妗母的篮子！——安发！姐姐又不是旁人！你也是恓恓惶惶的，贵巴巴买那些做甚？——狗狗！来，大姑看你吃胖了没有？这两天怎么不来大姑家里吃枣？——你姐夫身上有点不得劲，这时候了还没有起来！金生媳妇！且领你妗母到东屋里坐吧！——金生爹！快起来吧！客人都来了！"聚财听见是自己的小舅子两口，平常熟惯了，也没有立刻起来，只叫了声："安发！来里边坐来吧！"安发老婆跟金生媳妇进了东房，安发就到聚财的北房里来。

　　这地方的风俗，姐夫小舅子见了面，总好说句打趣的话。安发一进门就对着聚财说："这时候还不起！才跟刘家结了亲，刘锡元那股舒服劲，你倒学会了？"聚财坐起来，一面披衣服，一面说："伙计！再不要提这门亲事！我看我的命终究要送到这上头！"安发见他这么说，也就正经起来，坐到床边慢慢劝他说："以前的事不提他吧！好歹已经成了亲戚了！"聚财说："太欺人呀！你是没有见人家小旦那股劲——把那脸一注：'怎么？你还要跟家里商量？不要三心二意了吧！东西可以多要一点，别的没有商量头！老实跟你说：人家愿意跟你这种人家结婚，总算看得起你来了！为人要不识抬举，以后出了什么事，你可不要后悔！'你也活了三四十岁，你见过这样厉害的媒人？"安发说："说他做甚？谁还不知道小旦那狗仗人势？"聚财说："就说刘家吧，咱还想受他那抬举？我从民国二年跟着我爹到下河来开荒，那时候我才二十，进财才十八，人家刘家大小人见了我弟兄们，都说：'哪来这两个讨吃孩子？'我婆你姐那一年，使了人家十来块钱，年年上利上不足，本钱一年比一年滚得大，直到你姐生了金生，金生长到十二，又给人家放了几年牛，才算把这笔账还清。他家的脸色咱还没有看够？还指望他抬举抬举？"安发说："你那还算不错！你不记得我使人家那二十块钱，后来利上滚利还不起，末了不是找死给人家五亩地？要不我这日子能过得这么紧？唉！还提那些做甚？如今人家还是那么厉害，找到谁头上还不是该谁晦气？事情已经弄成这样，只好听天由命，生那些闲气有什么用？"……

金生媳妇领着安发老婆和狗狗进了东房，见软英脸朝着墙躺着。金生媳妇说："妹妹！不要哭了！你看谁来了？"软英早就听得是她妗子，只是擦不干眼泪，见她妗子走进去了，她只得一面擦着泪一面起来说："妗妗！你快坐下！妗妗！你看我长了十七岁了，落了个什么结果？"安发老婆说："小小孩子说得叫甚？八字还没有见一撇，怎么就叫个'结果'？该是姻缘由天定，哪里还有错了的？再说啦，人没有前后眼，眼前觉着不如意，将来还许是福，一辈子日子长着哩，谁能早早断定谁将来要得个什么结果？"聚财老婆也跟到东房里来，她说："他妗妗！你好好给我劝一劝软英！这几天愁死我了：自从初三那天小旦来提亲，人家就哭哭哭，一直哭到如今！难道当爹娘的还有心害闺女？难道我跟你姐夫愿意攀人家刘家的高门？老天爷！人家刘锡元一张开嘴，再加上小旦那么个媒人，你想！咱说不愿意能行？"……狗狗见他们只谈正经话，就跑到外边去玩。

东房里、北房里，正说着热闹，忽听得金生在院里说："二姨来了？走着来的？没有骑驴？"二姨低低地说："这里有鬼子，谁敢骑驴？"

听说二姨来了，除了软英还没有止住哭，其余东房里北房里的人都迎出来。他们有的叫二姨，有的叫二姐，有的叫二妹；大家乱叫了一阵，一同到北房里说话。

…………

聚财的兄弟进财、金生、老拐，踢踢踏踏都到北屋里来，把三个老婆的闲话打断。进财看了看桌子说："还短一张。金生！你跟老拐去后院西房抬我那张桌子来！"他们抬桌子的抬桌子，借家具的借家具，还没有十分准备妥当，小狗就跑回来报信，说刘家的送礼食盒，已经抬出来了。老拐、进财、金生都出去接食盒，安发穿起他的蓝布大夹袄去迎媒人。

媒人原来只是小旦一个人，刘家因为想合乎三媒六证那句古话，又拼凑了两个人。一个叫刘锡恩，一个叫刘小四，是刘锡元两个远门本家。刘锡元的大长工元孩，挑着一担礼物盒子；二长工小昌和赶驮骡的小宝抬着一架大食盒。元孩走在前边，小宝、小昌、锡恩、小四，最后是小旦，六个人排成一行，走出刘家的大门往聚财家里来。安发的孩子狗狗，和另外一群连裤子也不穿的孩子们，早就在刘家的大门口跑来跑去等着看，见他们六个人一出来，就乱喊着"出来了出来了"，一边喊一边跑，跑到聚财家里喊："来了！来了！"金生他们这才迎出去。

不知道他们行的算什么礼，到门口先站齐，戴着礼帽作揖。进财和金生接住食盒，老拐接住担子，安发领着三个媒

167

人，仍然排成一长串子走进去。

客人分了班：安发陪着媒人到北房，金生陪着元孩、小昌、小宝到西房，女人们到东房，软英一听说送礼的来了，早躲到后院里进财的西房里去。

读 与 思

文章中提到的刘家与王家的矛盾具体有哪些？王家人对于软英的婚姻都持什么态度？这种态度背后的原因是什么呢？软英面对自己的婚姻又有怎样的表现呢？据此，你推测软英接下来又会有怎样的行动呢？找出整篇小说来阅读，看看你的推测是否与赵树理描述的一致。

来来往往

**提导
示读**

◇◇◇

　　小说描述了一场由豆角秧引发的矛盾纠葛，两方人物的来来往往，塑造了五个鲜明各异的人物形象，赞美了军民鱼水一家亲的深厚情谊。本文是典型的短篇小说结构，事件的开端、发展、高潮、结局清晰完整，阅读时注意感受故事情节发展的有条不紊与层层推进。人物的语言、心理、动作描写生动传神，作者娴熟地运用这些描写使人物形象浮现在读者面前。

　　前半年旱的太久，旱地里的玉茭都没有长出胡子来，立秋以后下了雨，人们都把它拔了改种荞麦。可是水地和旱地不同，水地里的玉茭还和往年一样，长得一人多高，豆角秧（蔓子）缠在玉茭秆上，还是绿腾腾的。

　　有个十二三岁的孩子，提了个小篮，到一块水地里摘豆角。他才走进地里四五步，外边就看不见里边有人了。这孩子姓王叫金山，他的爹娘都是村干部——爹是农救会主席，娘是妇救会宣传委员。他虽然才十二三岁，却十分能干，差不多抵半个大人做活。这天吃过午饭，村里开干部会布置救荒工作。爹娘都去开会，打发他来摘豆角预备晚上吃。

有些豆角挂在玉茭秆上，比他高得多，他一根一根斜攀着摘。才摘了两三条秧，忽然看见一条秧头垂下来，叶子背也都朝了天，明明白白是断了。他想："这怎么能断了？虫咬了吗？"从上往下一检查，是从根上离地一二寸的地方断了的，下边的断头还流着水。拿住两个头往一处对还对得上，不是虫咬，一定是人踢断了，地上还有脚印。他独自埋怨："这是谁干的？平白无故来地里做什么？"他一边念诵着，一边把这条死秧上的豆角连大带小地摘下来。摘完了还回头看了几次，觉着十分可惜。他又往前摘了几条秧，远远又看见一条秧发了灰，又是秧头拖着地，叶背朝天了。仔细一端详，也和刚才那一条一样，又是人踢断了的。一条还觉着可惜，何况两条？他低声骂着，又把上边的豆角连大带小一齐摘下来。可是他刚一抬头，接连着又是一条。他气极了，就骂出来："他妈的这是个谁？进地里来做什么？"他骂完了，正预备去摘这一条死秧上的豆角，远远听见当地里有人答话说："金山你骂谁？我在你地里拔几棵苦菜，也犯不上挨你的骂呀？"这一来冷不防吓了他一跳。虽说庄稼长得太密看不见人，他却从话音里听出来是本村驻军里一个勤务员名叫张世英。既然听懂了，他就喊道："张世英，是你呀！你来看你踢断了几条豆角秧！"因为脸朝着当地喊，又看见远处几条豆角秧也好像发了灰。他干脆连豆角也不摘了，一边往前走，一边数着断了的豆角秧——"……四条——五条——六条——七条。"不大一会，已经看着张世英穿着红缨草鞋的脚。他说："张世英，你来！咱们一同数一数你踢断了几条豆角秧！"张世英说："你不要讹人，我一条也没有踢过！"金山说："除过你就没有人来，难道豆角秧还会自己断了？"说着已经走到跟前，拉住张世英的手说："你来看看！一共七条！你一条一条都看看，看我是说瞎话不是？"张世英甩开他的手道："不论几条都不与我相干，我一下也没有踢！"金山说："我又没有说叫你赔，你为什么推得那么干净？只有你一个人在地里，不是你是谁？咱去叫你指导员说说！"说着就把张世英拉住。张世英比他大两岁，自然吃不了亏，把手猛一甩，脱出身来说："扯淡！没有踢就是没有踢，你讹得住谁？你到指导员那里问一问，看俺说过瞎话没有？"说了提起箩头就往地边走："不叫俺在你地里拔，俺到别处拔去！"

金山这孩子受不得屈，见张世英不认账，提起箩头扬长走了，他也就提起篮子跑回来，连家也不回就去找指导员。他才走进指导员住的院子，就一边走一边喊："指导员，指导员！你们的张世英在俺地里拔菜，踢断了俺七条豆角秧不认账，俺拉着拉着他就跑了！"赶走到屋子里话也说完了。指导员又问了一下在地里的详细情形，就向他说："你回去吧！一会他回来我给你问一下，要真是他踢断了，叫他赔你们！"金山说："俺又不是叫他赔，只要他把理说清！明明是他踢断了的，他还说是我讹他！"指导员笑了笑，摸着金山的头说："好孩子，你认理很真！我一定能给你问清楚！你先回去吧！"金山也就回去了。

部队上晚饭吃的早。下午三点半钟，吃过了晚饭，指导员把张世英叫到房子里问道："农救会主席的孩子说你在人家地里拔菜，踢断了人家七条豆角秧，是你踢断了吗？"张世英说："我是不会说半句瞎话的，我没有！一下也没有踢！咱拔咱的菜，踢人家那个干什么？"这句话引的指导员大笑。笑罢了又向他说："傻鬼！谁说你是故意踢断了？你家里种地不种？"张世英说："不！我爹是做生意的。"指导员又问："你今天在他那块地里，走起路来脚下边不觉着有麻烦吗？"张世英说："麻烦可多啦！要不是那里的苦菜长得肥，我早走开了，还没有走一步不知道什么乱七八糟一大团就把脚绊住了。"指导员又问："绊住了你怎么办？"张世英说："那好办，吃力一拖，拔出脚来再走！可是前边还一样，还是……"指导员笑了笑说："傻鬼！那你还说不是你？吃力一拖还不拖断了豆角秧？"张世英说："不是豆角秧都长在玉茭秆上哩！"指导员说："根呢？"张世英说："根——可不是根还在下边，那也许是我拖断了的！"指导员笑了笑，然后正正经经向他说："好孩子！不论做对做错，只要是你做过的事你都承认，这是你的长处。可是今天这件事不简单：你还记得我前几天说我们为什么要吃野菜吗？"张世英说："记得！因为要节省小米减轻老百姓负担。"指导员说："咱们八路军是老百姓的队伍，处处要顾到老百姓的利益。原来为的是减轻老百姓的负担，现在反而弄坏了老百姓的豆角，你想想合算不合算？"张世英低头细细想，虽然也想到是自己的错，可是马上也想不出补救的办法来——不赔人家吧，说不下去；赔人家吧，又没有钱。他想来想去，最后总算想出来个主意，就向指导员说："怎么办？赔人家吧？"指导员说："那倒很好，可是你拿什么赔人家去？"张世英说："我今天拔的菜还没有交，就拿这个先赔了他，明天礼拜日我多拔一些再交管理排，行不行？"指导员很满意，向他说："好！你想得很周全！就那么办吧！以后不论到了谁的地里，要时时看着脚底，千万不要踏坏人家的庄稼！不然，咱的生产节约、减轻老百姓负担，就成了空话了。"张世英一一答应了就走出来。

他从指导员那里出来，拿上自己拔的野菜往金山家里去送。他正走到金山家的大门口，恰巧碰上金山的爹娘散会回来。金山他爹问："你去洗菜吗？"张世英说："不！这是赔你们的！"说着就走到院子里。金山他爹说："为什么赔我们？"张世英说："我把你们的豆角秧踢断了几条！"金山坐在屋门里烧火做饭，抢着向张世英说："你不是不认账吗？"张世英嘻嘻嘻笑着说："不是故意的，是绊住脚拖断了的！指导员一说我才想起来！"金山的爹娘一时弄不清是什么事，跟世英相跟着一同进了家。张世英放下箩头，金山他爹让他坐下才又问他："怎么一回事？"张世英从头到尾说了一遍。金山他爹这一下听明白了，便向张世英说："可不用！以后小心一点就对了，赔什么？谁就不招挂谁一点什么？"又向金山说："这点小事，就不该麻烦人家指导员！"又向张世英说："好小鬼！拿回去吧！不要你赔！"张世英说："我们拔野菜，为的是节省小米减轻老百姓负担。要是因为拔野菜弄坏了庄稼还不赔，那不又加重了老百姓的负担吗？"说着就把一箩头苦菜倒在地下，金山他爹拦着拦着，他就拖起箩头来跑了。

金山他爹向金山说："你看人家军队怎样待咱老百姓？这一点小事情你可真不该去跟人家打麻烦！今年四月在东山上打仗，咱们都远远看见来吧！你看人家吃几颗小米卖的是什么力气？今年年景不好，人家因为要减轻老百姓的负担，连斤半小米也舍不得吃了，现在已减到一斤五两，行政机关、后方机关还要减到十六两。人家打野菜还为的是咱老百姓，弄坏咱几条豆角秧咱还能叫人家赔？给人家把菜送回去！"金山他娘也说："给人家送回去吧，人家小鬼拔了一后晌，也不是容易的……"

金山从他爹娘的话里听出道理来，仔细一想，真不该为这事去找人家指导员。他正觉着后悔，忽听他爹叫他去给人家送菜，他马上把菜放在一只箩头里，给张世英送回去了。

读 与 思

　　小说中出现的五个人物形象各有不同，尝试分别进行概括。开头第一段的景物描写是否多余？王金山发现豆角秧被踢断时，作者着力描写了他的心理活动，这样写有何好处？小说的标题又含有什么深意呢？

一张临别的照片

导读提示

　　赵树理是我国现代文学史上具有新颖独创的大众风格的人民艺术家，曾被誉为我国当代的语言大师和描写农村生活的铁笔、圣手。他的小说极力表现农村生活，展示农民风貌；他的随笔见闻也流淌着自己对农村生活的热爱与对农民的赞美。本文灵感源于一张临别的照片，这张照片人数众多，是农业合作社人员的合照。这张照片里的人物很重要，人人都被作者赞为英雄。阅读时既要留意带有标志性词语的总结性语句，也要注意到典型的事例，同时感受作者对农民群众的真情、深情。

　　去年（一九五二年）秋冬间，我为着了解农业生产合作社，曾到山西平顺县川底村住了三个多月。当时有北京电影制片厂的纪录片摄制组在那里摄制片子，还有好多与农村互助合作工作有关的单位的好多同志们在那里协助工作，曾有一度相当热闹。临别的时候，农业生产合作社的干部们和我们共同拍了一张相片，作为这一度欢聚的纪念。最近由北京电影制片厂同去的同志把洗制出来的相片给了我一张，我一见之下，觉得不像当日那个场面——其人数之多，几乎像个群众大会；仔细一看，人的面孔都是熟悉的，不但没有增加一个人，还有好多干部没有在场（因为有其他工作没有赶到），只是在拍照时候，面对的是空旷的河滩，而拍到相片上的不过是面前的几尺空地，所以觉得人多了。

"农业生产合作社"这一种新兴的农业生产机构，要做多少事，要用多少人，都是出乎我想象之外的。我先提出几个奇怪的数目字让大家想想看：他们的合作社在去年秋收后扩大到七十六户，而应有的干部岗位就有六十几个，不能兼差的至少要五十一个。这仅仅是合作社的干部，要连党、政、军、团，群众的各种组织机构的干部一同计算起来，恐怕要够一百多个岗位，可是这个村的户数，连远在五里之外的小山庄上的五户计算在内，一共才有九十四户。大家想想这个村，这个社的干部与户数的比例是不是叫你吃惊？

这个吃惊的比例，在川底本村的人看起来是正常的，是缺一不可的——大小缺一个，大小总有一种事没有人办。我们的农村，是我们国家中最广泛的基层组织。麻雀虽小，肝胆俱全。中央有什么机构，在多数的情形下，他们都得有与该部门有关的机构（将来应否调整或缩减、合并，那另是一回事）。既然是一个村，就得有村政府；有一定数量的党、团员，就得有党、团支部；有民兵，就得有武装组织；有群众，就得有群众团体，于是就得有村政府主席、副主席、民事、财粮、建设、文教、卫生、优抗、调解等各委员会，党团支书、支委、小组长，民兵队长、政治主任、组长，妇联主席、组长……缺一不可。他们的农业生产合作社，种着几百亩地，养着几百只羊和几十头耕畜，培养着许多山林和果树，经常要修渠、修坝、修房子、打窑洞……处处有收入，处处有开支。对社内的社员，对社外的供销社、银行、保险公司、兽医、药铺……各有经济往来，如果没有足够的干部分头负责，不但生产效果无法检查，每天该准备多少现款、多少粮食的开支就无法计算，于是就得有社务委员会、监察委员会、正副主席，农业上的正副队长、正副组长，造林，养羊，管理耕畜，管理基本建设，经营副业，做文化教育福利工作，都须有负责的正副主管人，除文教外都得有会计。为了便于检查生产成果，各部门就都得有成本核算制度；为了统一掌握收支情况，就都得定期编造预算。有了这些经济制度，就得有管理这种制度的总机构，于是就得有总财务、总会计、现款保管、粮食保管、农具和其他公物的保管、出纳、采购等人员。这些还只是生产上不可缺少的机构和人员。又因为社会分工赶不上这种新兴的生产组织的需要，就还得成立一些生产以外的补充机构。例如一个八口

之家的主妇，每年要把三四十石粗粮作成米面，要做二十多双鞋，十几套衣服，每天要做三顿饭，还得照顾小孩；一个单身人，对这些杂活虽说比较少一点，但是数量可以减少，项目却少不了许多（不过没有小孩）。这一些人，要想参加社里的劳动是很困难的。为了解除他们一部分困难，就得开磨房，开食堂，办托儿小组，就又得用人。总之：事是人办的，要办事就得有人。

有那么多的人吗？新人能办新事，新事也能锻炼新人。他们经过了抗日战争、解放战争、土地改革、镇压反革命以及正在继续进行的支援抗美援朝的人民志愿军，不但锻炼出现有村级的党、政、军、群各种干部，而且还出去了几十个县、区级干部，人民解放军军官和战士。同样，在生产上，他们也已经从互助合作中锻炼出大致足以胜任的各种干部，把我前边所说的生产中那些许许多多的任务，也都担当起来了。

我从前常为他们的文化程度担忧，现在从实际中看来，文化程度不足固然还是个困难，但也不像我估计的那样不济事——他们在技术上，也有少数人可以运用新式簿记，也懂得温度表，也懂得百分比；拿到一本简单的新式农业技术的书，也会照书行事；拿到一种简单的新式农具，也会按图调节。总之，新的生产组织，新的前途观念，推动着他们接受新的事物。他们自己也感到他们的文化程度不够对付现在和将来的事物，因而在火热的生产忙碌中，每天早晨都还要参加文化学习。他们把他们每一个学龄子女都送入学校。他们曾派着优秀的干部到专署所在地去受专署主办的农业技术、会计、水利等训练。他们把优秀的青年送到县立中学去学习。这一切也都说明他们向社会主义迈进的决心。

这个庞大的干部群，不论党、团员或群众，大体上都有相当成熟的政治锻炼和相当高尚的政治品质。他们除了村政府主席有少数的津贴外，全部是不脱离生产的义务职（现在才考虑合作社主席脱离生产问题。在合作社里为社事误了工，原则上虽有可以记工分红的规定，可是有些零碎工根本无法上账，所以仍有许多义务工）。说他们毫无怨言也不近事实，不过当他正说着误工太多的话，马上接到了赴县开会的通知，便能嘻嘻一笑去准备干粮。且让我举一两个简单的例子：假如有人到社长郭玉恩家里去找郭玉恩，他家里的人往往说："怎么来家里找他？"好像是说："你真没有常识！他什么时候会在家里坐一会？"党支部副书记郭地长，家里一群孩子，只有他一个人能参加农业劳动。在秋收快结束的时候，县里要他去开劳动模范会、党代表会、合作社会。他一连参加了半个月这些会。他的老婆正等着他回来商量买布换季，不料他接到专署通知要他去受水利训练（四十天），连家也没有回，就从县里往专署去了。村长郭秋魁，在秋收后社里选他负基本建设总责，他说他不兼了，分配给他的工作（领导打土窑）他不干。隔了一天，社里正准备派专人说服他，可是第三天他便自动地干起来了。像这些人，这些事，只要你住到那村子里，管保你每天都能碰到。特别是老干部、老民兵（即抗日时期的民兵）和在抗日战争时期出过力的群众，在为公众服务时候，都能既不抱怨，也不居功，不言不语，若无其事。这些人，有的随着正规部队打过很大的仗，也攻过碉堡，也捉过俘虏；有的当民工抬担架，跟着刘、邓部队到大别山区走过一年之久。那些英雄事例，在他们都觉着平平常常做过去了，现在只不过开开会、算算账、定定计划、作作总结、给军属拨拨工、给外来干部派派饭……

自然觉得是轻而易举的事了。自然他们身上也不免有缺点或者缺点还很多，但他们的觉悟是一天天提高的，缺点是一天天减少的，而且愈集体化，落后面起作用的机会也愈少。

我能和这一群英雄们共处三个多月，自然是使我满意的事。只可惜这张相片还没有把他们照全。

读 与 思

　　作者在文章结尾处写到"我能和这一群英雄们共处三个多月，自然是使我满意的事。只可惜这张相片还没有把他们照全"，作者为什么将照片中的人物称为"英雄"？结合"可惜"一词，尝试体会作者对农业生产合作社工作人员的情感与态度，并从文中找到词句印证你的想法。

下乡杂忆

    "山药蛋派"的小说作品选材于农村生活，语言生动活泼，极具乡土气息。"山药蛋派"的代表——赵树理的文学作品真实地反映了农村、农民的生活。通过本篇《下乡杂忆》，读者不难发现作者这一文学风格形成的原因："一个写作者总得对自己熟悉群众生活的根据地永远保持着饱满的兴趣""田园风趣固然使我留恋，但更值得留恋的还是和我们长期共过事的人""我个人熟悉农村生活的方法就是和人'共事'"……因为对农村生活的熟悉与热爱，对农民、战友的留恋与敬佩，赵树理愿意扎根农村，为民族、民主革命奋斗，为社会主义革命和社会主义建设奉献；同时愿意将这些经历写进自己的作品中，为自己的作品注入源源不断的灵感源泉。

    文章段落结构清晰，找到段落的中心句有助于你快速地了解段落大意，尝试在文中圈点勾画。

趁着一个隆重的节日回忆往事，已经成为人们的习惯。在我们中华人民共和国建国十周年的大庆之前，我想谈谈我的下乡。巧得很！我下乡的历史也恰好只有十年——因为十年之前我根本生活在乡间，无所谓什么下不下，自从一九四九年来到我们的首都北京，才把再到乡间去称为下乡。

到了北京之后，我曾担任过一点地方性工作。在这期间，我也曾想就地熟悉一些地方情况，把北京作为我新的根据地，可是略一试验，便觉得写作上的根据地不那么容易创造。不易办到的事，多加努力自然也可以成功，不过我觉着放弃一个自己已经熟悉的地方，再去熟悉一个不太容易熟悉的地方，事倍功半，无大必要，因此才又决定下乡。

我们政治文化中心的首都固然可爱，但粮棉油料产地的农村也是可爱的。假如要问二者相较哪方面更可爱，我以为这和问荷花与菊花哪个更可爱一样——不同类的事物不能做比较。一个写作者不应该是兴趣主义者，可是一个写作者总得对自己熟悉群众生活的根据地永远保持着饱满的兴趣。即从物质享受方面来说，城市和农村也是各有千秋的。例如农民晚上在打麦场上开会，坐在打过麦子的麦秸上。这种座位使人另有一种舒服感，要换成北京工人俱乐部的椅子，恐怕还要差一点——自然要把北京工人俱乐部铺上麦秸，就不如椅子合适，不同类的事物不能互换。再如城郊农民头一天把青玉米掰下来，第二天到城里煮着卖，要是又卖到一个农民手里的话，这个农民啃第一口就知道这玉米是隔了夜的。可是城市人很难吃到当天掰下来的玉米，所以不易尝出新玉米的鲜味。城市人吃饭自然也吃得很细致，但是吃新鲜农产品的机会却少于农村。我从小曾锻炼了一个消化小米的胃口和两条爬山的腿，这两种生理的性能，我将永远不让它退化。也许有人认为将来物质条件提高了，再用不着吃小米和爬山，可我想即使是那样，有爬山的习惯，吃炒小米捞饭的嗜好，也没有什么不好。

田园风趣固然使我留恋，但更值得留恋的还是和我们长期共过事的人。太行山是老解放区，这里的农民，在民族民主革命时期，和我们共同抵抗过国外、国内的敌人，共同消灭过地主阶级的剥削制度；我个人在这些时候曾和他们共过事，又曾写过他们这些斗争，所以才把这地方作为我熟悉群众生活的根据地。当我在一九五一年重新到了在抗日战争时期我们的机关驻扎过的一个山村的时候，庄稼长得还像当年那样青绿，乡土饭吃起来还是那样的乡土风味，只是人们的精神要比以往活跃得多——因为我们有了中央政府，老乡们都以胜利者的姿态来欢迎我这个回来的老熟人。

我曾在其他地方说过，我个人熟悉农村生活的方法就是和人"共事"。毛主席告诉我们说，"只有做群众的学生才能做群众的先生"。我觉着在共事中间，既好做学生，又好做先生。毛主席要我们到群众中去"观察、体验、研究、分析一切人、一切阶级、一切群众、一切生动的生活形式和斗争形式……", 这好多 "一切", 看来好像千头万绪, 不易面面俱到, 其实只要和群众长期共事, 即使想叫哪一面不到也不行, 现实的社会本来就是由千头万绪组成的。我在这十年下乡生活中, 不过是和以前共过事的人们继续共事, 不同的只是十年以前共的是民族、民主革命之事, 十年以来共的是社会主义革命和社会主义建设之事而已。

和这种老战友们共事有个痛快劲儿, 那就是他们在长期战争环境中养成了些不计个人得失的忘我精神。例如农业合作化在全国是一九五二年才开始大搞的, 而在这个地区则是一九五一年试验、一九五二年推广的; 越乡越县互相支援兴修水利是一九五八年的事, 而在这个地区则是从一九五六年就开始的。他们虽然都是不脱离生产的农民, 但也是些革命的浪漫主义者。他们遇上了新鲜事物, 不但顾虑不多, 并且兴趣颇大。当一九四七年刘邓大军从太行山南下大别山区做开辟工作的时候, 曾组织过他们几万民工随军参战达一年之久。在这一年中间, 他们曾拿着扁担押解过俘虏, 有的干脆就留在那里做了地方工作, 直到现在谈起这段事来他们还认为是很有趣的

一段生活。生产建设的劲头，在他们看来只是这种革命精神的继续，一点也不生疏。

十年间，我又曾和这些老战友共过好多事。我们所共的事是：从互助组一直共到公社化，从栽接苹果树一直共到苹果上市场，从扫盲缺教员一直共到乡乡有中学，从两条腿爬山、交通员送信一直共到县县通汽车、村村安电话。和他们共的事多一点，写的作品就少一点，不过我觉着这也不是什么赔本的事——能在实际工作中贡献一点力量，所产生的社会价值不会比作品小；同时，凡是自己认真作过的事，过一个时期大部分都还会反映在自己的作品中，而且或者还会反映得更准确一点。我将长期地这样做下去。

一九五九年九月二十三日

读 与 思

在表达自己对下乡的喜爱时，作者运用了哪些写作手法？文中提到的作者决定下乡的原因有哪些？下乡生活与作者进行写作的关系是怎样的？

「雅」的末运

　　琴棋书画诗酒茶，中国历代文人推崇雅，追求雅，而赵树理却用"'雅'的末运"作为标题，这不禁令读者感到疑惑。"文章合为时而著"，结合写作背景可知，1936年的中国内忧外患，人民生活水深火热，而当时部分文人推崇闲适的小品文，追求置身于国情时事之外的高雅生活。用作者的话说，此时的中国需要的是"热"，这份热可以理解为关心国运的热情高涨，以及保家卫国的热血沸腾。阅读时注意体会作者流露的拳拳爱国之心，以及体民苦、启民智、开民心的奔走呼喊之情。

　　作者从"雅"着笔，定义"化境"，表达对真的雅人的看法，进而提出"现在的人从做'雅人'入手是不能救国的"观点。文章内容针砭时弊，论证严谨有力，语言幽默犀利。

"五日一山十日一水"的国画，雪中寻梅闲坐驴背的国诗，走笔比钟表上的指针不很快的国书，捉麻雀式的太极拳，半点钟落一子的围棋……其中趣味，大非局外人所得悉，无以名之，姑名曰"雅"。

这些雅事，并非如反对者所见的那样简单，说是"闲来无事随便玩玩而已"。雅之至，能使胸怀开朗，忘却自我——借个玄名可谓已臻"化境"。

我国历代风雅名流，细数来可以抄订成册，而我自己非个中人，也知道不了几个，所以只笼统地把他们分为真假二大类：真的是很容易得到名利而自己实实感到那是俗事，陶渊明可以作此派代表。假的把雅事作为争名逐利的业余娱乐，而其代表人物就得抄名册了。好在我现在只说真的，这个名册就可以不抄。

真的雅人把生活和自己所嗜的雅事合二为一 ——"诗人本身就是诗"这句话在这里可以放大说，"书法家的生命就是字，画家生命就是画"。

"雅"而到了"化境"，和参禅一样，能领悟到佛家所谓"静""定""慧"。不管他领悟到的是什么吧，这种心境推国家大事也曾有过用，王阳明的军中讲学虽不是从围棋入手，可是他的"镇定"，他的静中察动，是从"养性"来的。在这养性的过程中，他可以说和"真的雅人"是殊途同归，只是他把用途推广了一步。

那么我们现在的人先从做"雅"人入手，是否也可以进到救国？这可以答个十二分可惋惜的答案，曰："不能。"

先说雅人们所以致雅之道：雅人的环境，须得先做到个"静"字——须得不缺米面，有厨子给做成熟的；又得离开市井听不到街上的热闹；最要紧的是飞机不来头上下蛋……这些条件能够一一做到的本来就不大容易，加以无论哪一种雅事都非有十年八年不为功，而这种不可多得的环境能维持到那么长久，在目下的中国恐不可能——只说飞机也够难以回避了。

现在已经雅到化境的人出而用事，虽然不必再加火候，也有诸多困难：静中养出来的"镇定"，也往往经不起大炮轰击。孟子的浩然之气一生没有机会到火线上试去，我们不得知道行不行。王阳明先生虽在后方试过，但一来当日的弓弦没有现在的炸弹响声大，再则当日的土匪流氓乌合之众也没有今日帝国主义那样复杂，王先生对他们，好像成人看小孩子打架，自不愁措之裕如。若夫现在，敌人先派许多"游历"之士，来到我们天朝，上自军国大事下及猫猫狗狗，大自山脉水道，小至厨房厕所，无不照了相，绘了图，计了数字（连我们有几多已臻化境的人物也计算在内），然后拟定了宜下手方案，计何处宜造"事件"，何处宜建"伪国""伪会"，何人宜收买，何人宜恫吓，何事宜"合作"，何事宜"提携"……方案已定，按部就班做下去，自然无往不利（飞机战舰，备而不用可也）。这时雅人中纵有几个王阳明出现，其如人家事先连自列

191

入统计何？

至若陶渊明一类的纯洁雅人就更不支了：东篱是否让他种菊，南山有没有义勇军，到那时谁也不敢保，那么他老先生的"悠然"常态也跟着不易保下去。

士大夫们的雅化境，只好让从前的士大夫独步了吧！我们既不生于当时，又非此家子弟，愧不能接受那种优美的文化遗产，让我们牺牲一点清福先来应付一下时代的俗务。俗务中需要的是"热"——每一个刺激来了都给它一个适当的反应，感觉灵敏的要负传达刺激之责，使自己感到刺激，别人也能感到。这工作中也需要诗，也需要画，并且也有"境"。只是这种化境是"热"不是"冷"——是热到血液沸腾不可遏止，不是飞机到头上来还要在化境中养神。

读 与 思

文章开头列举雅事，作者从"雅"谈起，有何作用？作者从哪些方面论证现在的人从"雅"入手是不能救国的观点的？尝试画出文章的结构图，梳理作者论证思路。文章运用了大量假设进行论证，选择其中一两处，体会其表达效果。

"关公"制住"周仓"

导读提示

　　这是赵树理在1948年创作的一篇短篇小说。周仓本来是《三国演义》虚构的一个人物，为关羽的副将。但在后来一些民间故事中，关羽死后成了神，玉皇派他掌管风雨，作为关羽副座的周仓自然而然他也会帮助监管了，小说中"神婆"的小伎俩以及结尾小贩的灵机一动，都依托于这个文化背景展开。赵树理小说语言最鲜明的特色就是质朴无华，简洁明了，具有浓郁的生活气息和乡土风味，在这篇不到两千字的小说中体现得淋漓尽致。整个故事头绪清楚，内容集中，有悬念也有聚焦点；叙事、写人都用白描的手法，让人物性格通过自身的语言和行动表现出来，是非常精彩的一篇短篇小说范例。

　　很早很早的时候，有一年天气很旱，自从春天按上小苗，一直到数上伏还没有落场透雨，庄稼人眼巴巴望着天空，连片云彩也看不到，老是一轮血红的太阳每天从东边上来落到西边去。一株株的禾苗都给晒焦了。

这时候，狡猾诡诈的神婆就出头了。她逢人就说："天不下雨是因为大家都不敬周仓爷爷，惹得他老人家走上天宫，奏给玉皇，说咱村的人犯了律条，应该受灾受难，玉皇准了他的本，这才遭下这场旱灾。"大家听了都吓得大惊失色，半天说不上一句话来，神婆的脸上却显得更神气了，用眼睛四下里睃看着。一个老汉带着恳求的心情说："请他老人家给咱消灾免难吧——可是到什么地方去求呢？恐怕得你给咱们出把力气了！"神婆看见大家已经进了圈套，便张牙舞爪起来："这个——我当然是可以办到的，就看大家虔心如何。"众人一听这话，觉得事情还有一线希望，异口同声地说："天哪！谁还能没虔心，他不要命了吗？"神婆这时已经勒住了大家的命运，她又说话了："好！那么明天，我在土地庙里设坛，大家都到。"

第二天，大人小孩黑压压地挤下一庙院，神婆坐在香桌后面，就怪声怪气地"下神"了："俺是东山周老爷哪，你村的人就不信俺呀！"一些年岁较大的人们在前面跪着连声地说："信你来人家……天旱了。"神婆又唱道："要是信服俺呀，俺就给你显神灵，红神马来要三匹，青神马来两匹整（就是红布和青布，每匹三尺），再给俺五斗喂马料，俺好喂饱马儿骑着上天宫，玉皇面前求个情，三天以内要成功。"这时，满院的人们齐声说："大青大红一定齐备，只求老爷给场饱雨。"

"马匹"草料都送到神婆家了，可是总没有见她骑马上天。

只是在街上步行的转来转去好像在寻找上天的道路。一天、两天、三天，眼看期限已过，还是红日当空，万里无云。神婆这时确实有些焦躁了。但是人们并没有敢讲什么，还盼望着要在晚间一声雷响，大雨倾盆而来，不是也不误事吗？

一个卖烧饼的小贩挑着担子走进了村，神婆一见，计上心来，说他冲了周仓老爷的神驾，指画着众人快把他捆起（送）关帝庙上去。神婆嘴里不断地嚷着："眼看着雨就要来，这一下，哼……我可不能管了。"众人便蜂拥上来，七手八脚把个小贩捆起，拖着往庙上走，担子早被扔在一边。这时小贩心里忖度着："什么冲了周仓爷爷啦，明明是前几天两个烧饼没赊给她——她会祈雨吗？！"这个小贩倒也乖巧，他边走边想，忽然记起周仓是属关公所管来，灵机一动，马上就把眼睛一瞪，脖子一扭也下来神了："我是蒲州关云长呀，救灾救难到下方，你们小民好大胆，为啥敢把我来绑。"众人一听"关云长"三字，都面面相觑，不知所以。有的人赶快上前解开绳子，祷告着说："小民不知，老爷莫怪……只求下场饱雨。"神婆原在后边跟着，听说关公又下来啦，心中着实有点发毛，便挨近前来观察动静。这时大家已经来到庙内，小贩看见成功，就索性坐在"周仓"坐的椅子上连着讲下去："要想下雨并不难呀，我专为此事到这边，大家诚心来祈雨，我差周仓走一番。明天庙里设香案，单请周仓来跪坛，连跪三明并三晚，不喝水来不吃饭。为啥周仓不吃饭？表明小民粮食完；为啥周仓不喝水？说是天旱井底干。周仓跪香三天过，天上甘霖降下来……"神婆听到这里，吓得面如土色，趴在地上，磕头像捣蒜一样，嘴里喃喃祷告："老天爷呀！我可不是周仓，前天下神不过是作弄大家，为得那几尺青几尺红罢了。我哪里能求雨？要教我连跪三天，晒也晒成口烧猪了，不用说再不吃不喝啦。我下神，完全是装的……"众人一听这话，马上怒火冲天，眼看就要跟她过不去。"关公"这时离开椅子赶忙说："大家不要打她，她装我也是装的，她既不是周仓，我也就不是关公了。打她也打不出雨来。大家要想防旱，一个老办法：开渠凿井，担水浇苗。祈神求鬼都是枉然。——请把我的烧饼担子找来，我还要到西村赶买卖去。"

这时，庙院里的空气活泼起来了，大家心中彻底明亮："周仓爷爷"原来如此。唯有神婆还在地上趴着，脸上青一块红一块的恨着没个地缝能钻下去。

读 与 思

在生产力和科技都比较落后的时代，很多现象和问题人们都无法解释、解决，因此产生了各种超自然力的鬼神之说。随着科学的不断发展，问题不断被人们所认识，不少封建迷信也就慢慢自然消除了。但是在现代社会仍然存在一些"迷信""伪科学"的行为，影响人们的生活和思想，大家想一想自己是否听说或是碰到过？试着分析一下，这些事情有哪些明显的逻辑和科学破绽。

平凡的残忍

提示导读

本文以"平凡的残忍"为题目，新颖而又高度凝练。"残忍"写出了看似无心的实话给被嘲笑人所带来的伤害之大，而之所以"平凡"是因为类似的例子不胜枚举，极易常见。追溯被嘲笑的原因，是贫苦与愚昧。作者提出面对这样的现象应该给予同情，提倡共同团结奋斗。文章从常见的吃菜问题说起，由浅入深地分析了态度上的无心之错对于别人却是"残忍"，呼吁革命同志们无论是在日常生活中还是国家问题上都要哀矜勿喜，文明而团结。

某年的旧历年关，我和一批同伴行军至某处，大家商量起吃菜问题，我提议买一些金针海带。某同伴几乎笑掉了牙齿，冷冷然曰："看吧！山西菜又出来了！"

某同伴一见到吃南瓜或和人提起吃南瓜之事，总要反复说

明南瓜在他的故乡只能喂猪。

某工作人员，叙述平顺人所喝之汤曰："一把玉茭面，调一点臭酸菜，每顿剩一点在锅底，第二顿把水添进去。"他还说："这是正经味。"

打住，不要零零碎碎往下举了，这些事在各位读者脑子里或者还不乏其例吧！

金针海带在山西如我这等人的心目中，确实认为可以过年；南瓜据说在某些地方也确实不是人吃的东西；平顺人所喝之汤，就如我这等人，喝起来也觉着不大可口。上例的发言人倒也没有造谣情事，说的也是实话，只是在态度上都犯了一点无心之错，因而从另一个观点看去，好像有点残忍（"残忍"这一词或许太重，但也再找不到个适当的字眼，姑用之）。

贫穷和愚昧的深窟中，沉陷的正是我们亲爱的同伴，要不是为了拯救这些同伴们出苦海，那还要革什么命？把金针海带当作山珍海味，并非万古不变的土包子；吃南瓜喝酸汤，也不是娘胎里带来的贱骨头。做革命工作的同志们，遇上这些现象，应该引起的是同情而不是嘲笑——熟视无睹已够得上说个"麻痹"，若再超然一笑，你想想该呀不该？

记得抗战初期，某士绅在一个群众大会上骂群众道："日本人敢欺负中国，就是中国太不像样。看你们一个一个的样子：头也不剃，脸也不洗，纽扣也不扣……像这样的国民，如何能不受人欺负呢？"好像是说："日本人打进来的原因，就在于一般中国人不剃头不洗脸云云。"这道理自然不值一驳。你试把那些不剃头不洗脸的任何一位，从小就送入苏联的托儿所，一直养到大学毕业，管保穿西装吃西餐住洋楼坐火车都成了他的生活琐事，何劳某士绅侃侃训斥？

不过我们不能把我们的后一代都送到苏联的托儿所。苏联在二十五年前也和我们一样，正在贫穷和愚昧的深窟中自求振拔，经过苦斗，才有今日的局面。目前正在我们抗日根据地吃南瓜喝酸汤的同伴们，正是建设新中国的支柱；而以金针海带当山珍海味的我，还马马虎虎冒充着干部，为将来新中国计，何忍加以嘲笑？

我们的工作越深入，所发现的愚昧和贫苦的现象，在一定时间内将越多（即久已存在而未被我们注意的事将要提到我们的注意范围内），希望我们的同志，哀矜勿喜，诱导落后的人们走向文明，万勿从文明自傲，弄得稍不文明一点的人们坐也不是站也不是也！

读 与 思

　　哀矜勿喜，意思是对落难者要同情而不要幸灾乐祸。阅读本文，找到作者笔下的"落难者"具体例子，体会作者对待他们的态度，特别关注文章最后一段，感受作者创作本文的写作目的。思考在当今社会生活中，你是否也遇到过类似的"残忍"的嘲笑呢？你是如何看待的？

土改后的故乡

提示导读

新民主主义革命时期，在中国共产党领导下，封建半封建性质的土地所有制被废除，农民的土地所有制开始实施。1946年5月4日，中共中央发出《关于清算减租及土地问题的指示》，简称"五四指示"，决定改变土地政策，即由减租减息改为没收地主土地分配给农民。这一举措极大地调动了农民劳作的积极性。在这篇《土改后的故乡》中，作者赵树理满怀激动的心情描绘了土改后故乡的变化。乡亲们互助打麦子高效而快乐，村民家中席子、被褥换新，家家户户有了积蓄……这些亲身经历的变化，让赵树理心生喜悦，满怀感恩。透过字里行间，我们能感受到这位农民作家对故乡的真挚热爱与对未来美好生活的希冀。

土地改革以后，我的故乡再不是从前我所熟悉的那个穷相了。一九四六年夏天，因为是到别的地方去，路过故乡，没有顾上多停，所得的印象不多。其中有一件最动人的事是互相打麦子。那一年麦子特别丰收，打麦场不够用——要按平时打法，要一个多月工夫才能打完。他们发明了一个互助法子，不几天就打完了。这法子是一个组（五六个人、一犋牲畜）同时用两个场子，每个场子一上午打两场（平常同样多的人只能打一场）。在工作的时候，牵牲口的拉着牲口碾了这边碾那边，拿杈子的挑了这边挑那边，拿扫帚的扫了这边扫那边……木杈、木锨、扫帚……满场飞，远处看见好像演武戏。连平常时候四平八稳走路的老汉们，也跟着青年人嘻嘻哈哈跳来跳去。这种现象是土地改革以前不曾有过的。

去年春天那一次回家是阴历正月，大家都闲，我就挨户拜访了一遍。访问后，我觉得好像已经不是我的故乡。这个村子很小，只有五十二户，从前我最熟悉，哪几个人住在哪所房子里我都知道。从前连我自己在内，一村有半村都欠外债，打下粮食来够吃不够吃总得先卖一部分还债，因此有好多户到了春天就得借粮。日子过得不称意了就讲不起排场，炕上的席子破了买不起新的，反拆着破席点火吸烟，越拆越小、越毛，怕人看着不好看，把窗子堵得黑一点，因此有好多人家，当你初进到房子里总看不见人。这一次我到房子里去的时候，竟没一座是黑的了，不只是有了新席子，席子上又铺了羊毛毯，被子褥子虽是粗布的，却都很新。问起来家家还都有点小积蓄——落花生、芝麻、烟叶子。当时因为城乡关系还没弄好，他们积蓄的东西卖不出去，不过他们都毫不着急，有的能把烟叶子存到二三年。村子里合作社有油房，把芝麻打成油放到家里，价钱不合适就留着自己吃。

最近村里来信，说村子里去年一年买了七头骡子，还有三家修房子的。我想，他们一定是把存的那些花生、芝麻、烟叶子都卖了。总之，土地改革以后我的故乡，再不是我从前非常熟悉的那个穷相了：<u>人也变年轻了，黑房子也变亮了，打下粮食不用先卖了，该卖的卖不出去也不着急了，卖出了东西也懂得应该把钱用到什么地方了。</u>

读 与 思

　　作者在描绘土地改革给家乡带来的变化时选取了哪些有代表性的事例？在这些事例中，又有哪些细节让你印象深刻？透过文中哪些词语，我们可以感受到作者看到家乡变化的喜悦之情？文中最常用的写作手法是对比，在文中圈画出来，感受其表达效果。

「侵略」浅释

提到赵树理，大多数读者的脑海中会蹦出"乡土气息""农村题材"等字眼。除了关注农民的小说外，赵树理也写出了以本篇为代表的杂文。本文开头对于"侵略"一词进行释义，并指出以侵略为职业的人却会对"侵略"造出奇怪的解释。然后作者讽刺了美国好战分子们对朝鲜、越南、中国台湾的"制止侵略"，揭露了美国名为"扩张""渗透"，实为"侵略"的恶劣行径。紧接着，作者提出美国侵略者名义上"防止侵略"的一系列举措实际就是侵略的观点。最后，赵树理立场鲜明地指出，头脑稍微清醒的人们和全世界爱好和平的人民都会懂得何为"侵略"，都能认识到对"侵略"进行歪曲解释其实是美国侵略集团的阴谋。全文思维严谨周密，论证条理清晰，语言铿锵有力，今时今日阅读，亦感慷慨激昂，正气凛然。

"侵略"这个字眼儿，本来没有多少难解之处，按照我们一般正常人的了解，只是"直接用实力或以实力作后盾来侵犯自己领土以外的其他地方的主权、领土、经济利益、人民自由等等"的意思。但对那些以侵略为职业的人们来说，这种正常的解释自然就妨碍了他们的勾当，因而他们也就要造出另一套奇怪的解释。

美国好战分子们把亲手为李承晚策划的进攻朝鲜民主主义人民共和国的战争叫作"武力统一朝鲜"，把朝鲜人民的抵抗叫作"侵略"，而美国侵略者挂着联合国的招牌亲自出马进攻朝鲜民主主义人民共和国的勾当，又叫作"制止侵略"。中国人民为了保卫自己，和他的紧邻来抵御隔着半个地球跑来的美国侵略军队，也叫作"侵略"。越南民主共和国抗拒从欧洲开来的法国远征军叫作"侵略"，美国每年以十亿美元的军火帮助法国远征军屠杀越南人民叫作"制止侵略"。台湾明明是中国的领土，美国侵略者却无耻地强占，勾结蒋介石卖国匪帮，把台湾当作美国的殖民地，对我国沿海进行骚扰性的和破坏性的战争，妄图进攻我国大陆，而这，在美国侵略者说来，也是为了"防止"中国的"侵略"。

到这里，"侵略"一词的意义就更加荒谬绝伦了：哪有自己"侵略"自己的呢？但美国好战分子说话向来是不讲究通不通的。各国发生了人民的解放运动，好战分子就大嚷什么"共产党的侵略"。他们就一直不断地在那里叫喊："中国共产党侵略了中国""越南共产党侵略了越南"。而当谎话说得太离谱，再没人相信的时候，就把"侵略"改为"扩张""渗透"等等字样。借口防止这些所谓"侵略""渗透"和"扩张"等等，就到处组织什么防务集团，订立军事同盟，建起了军事基地。其实，参与这种集团或同盟的、允许建设军事基地的这些国家里一些头脑稍为清醒的人，也都会懂得，多参与一分这些事务，就多失去一分自己的主权和独立，而直接取得这些国家的主权的，正是美国这位"盟主"。那些过去头脑还不够清醒的人，今天也已从事实中看到："渗透"和"扩张"到他们那里去的，并不是什么共产党，而正是那些口口声声要来防止什么"渗透"和"扩张"的战争掮客。

至于那些并不和人民执掌政权的国家连界的地方，在美国侵略者看来也有到那里去"防止侵略"的必要，据说所要"防止"的是"可能性"。为了防止这"可能性"，就要订非常"现实性"的同盟和建造非常"现实性"的军事基地，或者就干脆发动武装进攻，把别人的主权拿过来。美国侵略者在危地马拉所做的肮脏的血腥勾当，就是一例。

今天，明白这样的事情的人是愈来愈多了；美国好战分子所要防止的所谓"侵略"及其"可能性"，其实是并没有的，倒是所谓"制止"或"防止"的措施，却已经"直接用实力或以实力作后盾，侵犯了好多国家的主权、领土、经济利益、人民自由等等"。那么究竟谁是侵略者呢？任何头脑稍为清醒的人们都会从"侵略"这个字眼儿的通常解释得到结论。

全世界爱好和平的人民，会本着"侵略"的通常解释来认识美国侵略集团的阴谋，也一定有力量制止这些好战分子在别人的国土上玩弄侵略的把戏。

读 与 思

对于"侵略"，作者认同的定义是什么？对于美国一系列的侵略行径，作者是如何进行有力的批判与抨击的？在批判与抨击的过程中，作者运用到了哪些论证方法？除了具有鲜明、清晰的议论文特色外，本文的过渡巧妙，阅读时注意感受作者层层递进的说理方式。

读书·做人·革命

导读提示

◇◇◇

在赵树理的写作生涯中，读后感是他较少涉及的文体。本篇是作者读完陈竞之的《我对于人生的一点小感》后的感悟。文章既表达了赵树理对于陈竞之为人言行一致与作文章直抒己见的肯定，也呈现出作者对于做学问与唯物史观、人生观的思考。在阐述观点时，文章既有将求学与植物吸收养料进行类比的形象、含蓄，也有"我们是'人'。我们并非为了物质才生出来，为了物质才被生出来的'机器'，不是'人'"的直抒胸臆。阅读本篇，感受赵树理对于读书、做人与革命的见地。

读罢陈竞之君《我对于人生的一点小感》。

陈君这篇文，当在他的日记上我已读过了，有几点小感，我把它写出来，随着陈君的文和读者见见：

陈君是个言行一致的人，他这篇文，就是他日常生活的记录，我以为唯这才能算学问，凡学问应是补充生活的有机体（无论为己为群），否则便成了文章的辞藻或茶余酒后的谈资，恕我们不敢委屈说它是"学问"了。

从他这篇文上，我们显然能看出他是受了佛学、理学和颜李学派的影响，但已经和他自己的思想同化了。求学和植物吸收养料一样能化无机物为有机物，然后才能和自己发生关系。记问之学，只能说是给人家作了账簿不能说是已经求过学。再者，现在青年人的心里，多以为"古"必是"腐"，这错了，"古"未必就"腐"，亦犹之乎"公"未必就"精"，只要看自己能否取裁，能否同化。

他这篇文开首就把一切哲学家和宗教家的理论推开，直然说出自己的意见，很可看出来与"谈玄"不同。

唯物史观家，因为自己头上顶了个"唯"字，所以硬要说人类的意识形态完全受物质支配。好像说人类就是为了物质才生出来的。你若说人类的心理也能支配生活，他便要说你是"唯心"。其实"唯心"二字，除了"唯"字有点小错外，"心"（心理作用）的确是人类有的；并且只有人类的心理作用比其他动物发达得多，心理支配生活的例子，也是举不胜举的，至少也不亚于物质。我们是"人"。我们并非为了物质才生出来，为了物质才被生出来的"机器"，不是"人"。民生史观告诉我们说："人类以求生存是社会进化的原动力。"求生存的目的，就是"求生存"的本身。你若再问人类为什么要求生存？我先请你去问太阳为什么要发光？陈君所谓"顺着宇宙的生动去生，去动"，便是这个道理。

或者有人说现在是革命时期，用不着谈人生问题。如果有人是这样说，错得也不算很近。要知道一方面革命，一方面还要做人。若没有合理的人生观，做人先成了问题，还怎么革命？

一九三〇年四月三十日

读 与 思

作者是如何定义"学问"的呢？对于"唯心"，作者又有着怎样独到的见解呢？本篇文章写于1930年4月30日，文中提到的"现在是革命时期"具体指的是什么时期呢？结合写作背景，谈谈你读完本文后的感悟。最后，建议阅读政治书中对于唯物观与唯心观的表述，期待你有新的思考与发现。

读完这篇文章，不妨找到陈竞之的《我对于人生的一点小感》进行阅读。

赵树理
接地气的乡土作家

赵树理，1906年9月24日出生于山西省沁水县，原名赵树礼，现代著名小说家、人民艺术家。

赵树理自幼家庭贫困。1920年考入礒山完小。1923年从礒山完小毕业，去小学教书。1925年夏，考入山西省立长治第四师范学校。1929年春在西关模范小学教书，而后到太原卖文为生。史纪言、王中青主编的《山西党讯》文艺副刊经常登载他的稿件。

从1930年底开始，赵树理一边流浪一边开始写作，在抗战前的几年间发表了《金字》《盘龙峪》等小说。1936年夏，史纪言、王中青回长治办乡村师范学校，他们邀请赵树理到"乡师"当国文教员。1937年赵树理加入中国共产党。历任中国文联常务委员、中国作家协会理事、中国曲艺协会主席，曾任《曲艺》《人民文学》编委，中国共产党第八次代表大会代表，全国人民代表大会第一、二、三届代表。他的作品乡土气息浓厚，有一种新鲜活泼、为老百姓喜闻乐见的大众化风格。

赵树理在中国现代文学史上占有重要地位。早在抗日战争和解放战争时期，他就致力于革命文艺的通俗化、大众化工作，写出了许多反映农村社会生活、深受广大群众欢迎的小说，如《小二黑结婚》(1943)、《李有才板话》(1943)、《李家庄的变迁》(1945)、《福贵》(1946)、等。中华人民共和国成立以后，赵树理继续深入农村生活，笔耕不辍，驰骋于中国文坛。短篇小说《锻炼锻炼》、长篇评书《灵泉洞》(上集)，以及《实干家潘永福》、长篇小说《三里湾》(1955)等，都深受大众喜爱。

中国现当代文学史上有个小说流派"山药蛋派"，这个文学流派就是以赵树理为代表。因其作品具有新鲜朴素的民族风格和地方色彩、生动活泼的农民口语、清新浓郁的乡土气息，而受到广大读者的喜爱。这个流派还包括马烽、西戎、束为、孙谦、胡正等一批小说家。在20世纪50年代，他们结成了一个作家群体，创作出众多带有"山药蛋味"的优秀作品，如赵树理的《三里湾》《锻炼锻炼》《登记》，马烽的《三年早知道》《我的第一个上级》，西戎的《盖马棚》《姑娘的秘密》，孙谦的《伤疤的故事》，胡正的《两个巧媳妇》，以及年青作家韩文洲、杨茂林、李逸民、义夫、成一等人的作品。

　　"山药蛋派"的开创者赵树理，以其巨大的文学成就被称为现代小说的"铁笔""圣手"，在现代文学史上占有一席重要地位。他取得成功的原因是多方面的，其中一个重要的原因，就是他植根于晋东南这片家乡的土壤，熟悉农村，热爱人民，大量描写了晋东南独特的区域民俗事象。这些区域民俗事象或作为作品深厚的民俗文化背景，或作为塑造人物形象，揭示人物心理，推进人物性格发展的手段，表现出了鲜明的地域文化特色。

　　赵树理小说的可贵之处就在于：通过自己的审美加工，把混沌稚朴的民俗变成活生生的文学创作题材，具体深刻地反映了20世纪30年代到60年代太行地区的农村生活，为我们展出了一轴生动的农村社会生活画卷。

　　赵树理小说几乎涉及了晋东南民俗的各个方面，举凡生产劳动、饮食居住、婚丧嫁娶、宗教信仰、民间文艺都有描写。

　　在《三里湾》第二章里，介绍了王宝全、王金生的居住环境，按东西南北的顺序介绍了窑洞房子及使用习俗。例如西边四孔窑洞的分工是这样的：金生、玉生兄弟俩已娶妻成家，各住一孔；王宝全老两口住一孔；女儿玉梅住一孔，但却是套窑，与父母住的那孔窑相通，有窗无门，进进出出必须经过父母的门。这表明，一方面，闺女大了，需和父母分开居住；另一方面，又因她未出嫁，要谨防越轨乱礼，和父母的窑洞串在一起，一举一动都可受到父母的监督、约束。在这里，窑洞已不是简单的物质客体，而是寄寓了传统的民俗心理，成为一种综合的文化现象。

《三里湾》还描写两个旧式大家庭的劳动分工、经济分配、生活管理，以及家庭内部成员之间复杂的关系，揭示了家长权威和旧伦理观念对旧式家庭的影响。《李家庄的变迁》里描写了"吃烙饼"这一晋东南乡里民俗，更富有深刻的社会内涵。"吃烙饼"的民俗特点是，村里发生了纠纷，由双方当事人请村落的头人、族长或地方上有影响的人物，在吃烙饼的过程中评理，地点设在村子的庙堂里。等评理人做出裁决后，输了的一方要承担责任并付给吃烙饼的费用。小说中写农民张铁锁与村长李如珍的侄儿发生纠纷，村长武断地评断张铁锁输理，不仅霸占了张铁锁的土地，还让他付吃烙饼的费用。张铁锁回家后气愤之下说了几句过头话，被村长的人听到，就把他们夫妇俩投入监狱，最后赔了土地与房产，才了结此难。作品深刻地揭露了集神权、政权于一身的封建势力代理人，依靠军阀统治者支持，残酷地压迫劳动人民。

赵树理小说中有大量恋爱婚姻习俗描写，借以反映农民生活、思想面貌变化和时代精神。《小二黑结婚》里的三仙姑嫁给于福时刚刚15岁，是前后庄第一个俊俏的媳妇，但是在落后愚昧的迷信思想影响下，渐渐成为一个装神弄鬼、争艳卖俏的女人。她"虽然已四十五岁，却偏爱当个老来俏，小鞋上仍要绣花，裤腿上仍要镶边"，每天都要涂脂抹粉，乔装打扮一番。作者写活了一个被扭曲了性格的女性形象，揭露了封建买办婚姻带来的恶果。《登记》里的小飞蛾本来已有个相好的叫保安，可是父母却把她嫁给了张木匠。她虽然极不情愿，可还得按照传统婚俗顶着红头盖，吹吹打打被抬到婆家，任青年小伙子闹新房，照惯例在大年初一由两个妇女搀着到各家磕头、拜年，带丈夫"回娘家"。后来因和保安交换了爱情信物，而被张木匠毒打，婆婆和邻里也认为她"名声不正"。小飞蛾的婚姻悲剧，也是由封建礼教造成的。"罗汉钱"，是小飞蛾和艾艾母女两代人都曾用过的爱情信物，也是晋东南特有的习俗，有着深刻的象征意义。《邪不压正》则表现了妇女对以势压人的不合理婚姻的反抗，反映了当时错综复杂的阶级矛盾和时代的变迁。

赵树理是我国真正熟悉农村、热爱人民的少有的杰出作家。他的作品真实地再现了我国农村几十年来的巨大变革，而且具有独特的民族形式和民族风格。在弘扬我国优秀民族文艺的传统、促进革命文艺的大众化方面，赵树理做出了富有成果的贡献。赵树理成功地借鉴民间文艺里"讲故事"的手法，以故事套故事，巧设环扣，引人入胜，使情节既一气贯通，又起伏多变。语言运用上，大量提炼晋东南地区的农民口语，通俗浅近而又极富表现力，使小说表现出一种"本色美"。

赵树理年表

- 1906年9月24日，生于山西省沁水县尉迟村，乳名得意，6岁时起名为树礼。

- 1914年，学会打上党戏的梆子。

- 1918年，随父学编柳条家具，得闲，同小伙伴唱罗成戏，广泛接触地方戏曲和小唱本。

- 1920年春，正式编入樊山高级小学高小一年级。于1922年年底，从樊山高级小学毕业。

- 1921年，学会打上党戏的鼓板。

- 1923年，春到本县野鹿村任初小教员。

- 1924年，春改任本县板掌村初小教员，至年底。

- 1925年夏，考入长治山西省立第四师范学校。

- 1926年9月，由常文郁和王承介绍，加入国民党。同时加入的还有王春等十余人。

- 1926年秋，由常文郁、王春介绍，秘密参加中国共产党。积极参加在长治市举行的各种反帝反封建的演讲、游行，写标语、画漫画等活动，秘密发展共产党组织，常向一些同学介绍进步书籍。

- 1927年后半年，积极参加和领导驱逐反动校长姚用中的运动。在这期间，介绍同学霍启高入党。

- 1928年春，阎锡山搜捕共产党，常文郁等人被捕，王春和赵树理一起离校，从此失掉了共产党员的关系。

- 1928年4月—6月，与王春在阳城县板桥、张河一带山里流浪，相约有了收入，共同享用。

- 1928年7月—8月，在王春家小住，因久逃不归，被学校开除。

- 1928年9月，回到故乡，曾在嘉峰村姐姐家匿居。

- 1928年年底，赴沁水县城投考小学教师，在四百多人中，与霍启高同被取为甲等（共两名）。

• 1929年2月，被任命为城关小学教员，月薪十元。

• 1929年秋，作小说《悔》，载《自新月刊》第五期，署名"赵树礼"。

• 1929年11月27日，作小说《白马的故事》，载《自新月刊》第七期，署名"赵树礼"。

• 1930年3月25日，作《赠出院自新人词并序》，载《自新月刊》第十一期，署名"赵树礼"。

• 1930年4月30日，作杂文《读书·做人·革命》，载《自新月刊》第十二期，署名"赵树礼"。

• 1930年秋，改名"树礼"为"树理"。后说明改名的原因，是要破封建社会的"礼"，立马克思主义的"理"。

• 1930年12月27日，作七言长诗《打卦歌》，写一侠义青年问卜情形。开始认真阅读上海的革命文学作品。

• 1931年，创作中篇小说《铁牛之复职》。

• 1933年10月，作《太原零拾》，署名"老西"。

- 1933年12月15日，所作《农村的谚语》在《新农村》第七期发表，署名"村夫"。

- 1933年冬，作《义务勘误》，署名"太西"。

- 1933年后半年，开始创作长篇小说《盘龙峪》。在北洸村小学组织读书会，吸收本校和外校的进步教师参加，以读马列著作为主，定期学习、讨论。

- 1934年3月下旬，创作小说《糊涂县长》，在《山西党讯》四月一日、二日、三日连载，署名"黑丑"。

- 1934年8月13日，小说《到任的第一天》在《山西党讯》发表，署名"何化鲁"。

- 1934年8月14日，《我也谈谈创作》在《山西党讯》发表，署名"何化鲁"。

- 1934年8月16日，《神经质的文人》在《山西党讯》发表，署名"何化鲁"。

- 1934年8月22—24日，《欧化与大众语》在《山西党讯》发表，署名"何化鲁"。

- 1934年8月24日，《呜呼，李长之教授！》在《山西党讯》

发表，署名"何化鲁"。

- 1934年8月28日，《给青年作家》在《山西党讯》发表，署名"何化鲁"。

- 1934年12月14日，小说《忧心的日子》在《山西党讯》续完，署名"孔仰圣"。

- 1934年年末，发表小说《金字》，载太原某报，待查。作有中篇小说《有个人》，在《山西党讯》连载。

- 1935年2月23日，《南洋华侨女飞行家王秀云女士小记》在《山西日报》《余霞》专刊发表，署名"得意"。

- 1935年7月，入西北影业公司演员训练班学习。并于当年10月结业。

- 1936年2月10日，小说《过差》在《山西党讯》连载，署名"白痴"。

- 1936年2月16日，杂文《文化与小伙子》《"雅"的末运》在《中国文化建设协会山西分会月刊》二卷二期发表，署名"常哉"。

- 1936年12月，作有韵小剧《打倒汉奸》和长篇小说《白的雪》。

- 1937年2月中旬，做抗日宣传工作，写出剧本《打灶王爷》。并于2月25日在长治县火神庙戏台公演《打灶王爷》。自任导演，并参加演出。

- 1937年秋，在阳城参加牺盟会，任第四区特派员。

- 1937年冬，经阳城县牺盟会特派员再三教育，重新加入中国共产党。作小戏《巫婆祭社》。

- 1938年初冬，在阳城杨柏山，任新划第八区（原三区）区长。组织群众进行抗日自卫工作。

- 1939年年初，调长治牺盟中心区，任第五专署民宣科科长，主要工作之一是搞戏剧。

- 1939年前半年，编写戏曲《韩玉娘》《邺宫图》，在晋东南演出，并石印出版。

- 1939年6月，辅导一个农村剧团。

- 1939年夏，第五行政专署撤离长治，赵树理被分配到壶关办《黄河日报》路东版。

- 1939年8月—10月，继续辅导那个农村剧团，并写《一群快乐的人们——×××农村剧团》，署名"理"。

- 1939年11月，到壶关芳岱村，任《黄河日报》路东版《山地》副刊编辑。

- 1940年4月，赴平顺县石城、回源、鹁子坡一带，参加创办《人民报》。

- 1940年5月1日，《人民报》创刊，主编副刊。

- 1940年7月15日，《怎样利用鼓词》在《抗战生活》第二卷第六期发表，署名"甲土"。

- 1940年8月1日，小说《变了》在《抗战生活》第三卷第一期发表，署名"王甲土"。

- 1940年秋，任《中国人》周刊编辑。

- 1940年11月，随《新华日报》社迁往辽县山庄村。

- 1941年1月1日，鼓词《开河渠》在《抗战生活》第三卷第三期发表，署名"王甲土"。

- 1941年3月，鼓词《茂林恨》，在《抗战生活》革新号第一期发表，署名"王甲土"。

- 1941年11月18日，与王春合写《对于加强敌对宣传我的几点意见》，署名"启明"。

- 1941年冬，调中共太北区党委宣传部，负责写通俗作品。酝酿写《万象楼》。

- 1942年5月，写出《万象楼》，在太行区各地演出。

- 1942年秋，写出《万事通》和《清债》《神仙世界》。

- 1943年1月15日，杂文《"三"字和"万"字》在《华北文化》二卷一期发表。

- 1943年3月1日，唱词"打牙牌调"《闹元宵》在《青年与儿童》五卷五期发表，署名"树理"。

- 1943年3月15日，杂文《平凡的残忍》在《华北文化》二卷三期发表，署名"王甲土"。

- 1943年5月，写出小说《小二黑结婚》。9月《小二黑结婚》由华北新华书店出版，封面上标为"通俗故事"。10月由武乡光明剧团开始，许多职业剧团和业余剧团争相把《小二黑结婚》改编成各种戏曲上演。

- 1943年10月，作小说《李有才板话》。调华北新华书店
  （地点在辽县麻田）任编辑，直至全国解放。

- 1943年冬，辅导青年戏剧工作者程联考创作歌剧《双回头》
  （又名《双转意》），上演后很受观众欢迎。襄垣农村剧团将
  《李有才板话》改编为秧歌上演。

- 1944年1月13日，拥军爱民故事《来来往往》在《新华日
  报》太行版发表。

- 1944年冬，根据采访所得，创作"现实故事"《孟祥英翻
  身》，作鼓词《战斗与生产结合一等英雄庞如林》，发表小
  说《地板》。

- 1945年2月下旬—3月，写成《秧歌剧本评选小结》。

- 1945年4月5日—25日，被抽调到太行区模范文教工作者
  会议暨文教展览会工作，办"新华窗"，写了许多诗歌、快
  板、散文，登载在"新华窗"上。

- 1945年8月，作快板《汉奸阎锡山》，署名"吉成"。

- 1945年12月，作小唱剧《好消息》《李家庄的变迁》。

- 1946年2月1日，小唱剧《巩固和平》在《新大众》第十六

期发表。

· 1946年7月21日，与杨秀峰、范文澜、崔斗辰、王春、陈荒煤等联名在《人民日报》发表《起来，踏着文氏血迹前进》。

· 1946年8月，小说《催粮差》在《新文艺》第三期发表，并创作了小说《福贵》。

· 1947年2月1日，小说《刘二和与王继圣》在《新大众》第三十四期开始连载。

· 1947年3月，《赵树理小说选集》由吕梁文化教育出版社出版，内收《小二黑结婚》《李有才板话》《福贵》《地板》四篇。

· 1947年5月，《农村剧团的地方性与农村性》发表于《人民日报》副刊《文艺通讯》创刊号。

· 1947年6月，短篇小说《小经理》发表于七月一日《人民日报》。

· 1947年8月，晋冀鲁豫边区文联召开文艺工作座谈会，与会同志一致认为，"赵树理的创作精神及其成果，实应为边区文艺工作者实践毛泽东文艺思想的具体方向"。陈荒煤根据他在会上的发言整理《向赵树理方向迈进》一文。《艺术与农村》发表于八月十五日晋冀鲁豫《人民日报》，晋冀鲁豫边区政府教育厅颁发文教奖金，赵树理小说获特等奖。

• 1948年上半年，短论《我们执行土地法，不许地主富农管》《休想钻法令空子——研究土地法第十六条》《穷苦人要学会当家》《干部有错要老实——评晋城马坪头"劳资合作"》《谁也不能有特权》《中农不要外气》《发动贫雇要靠民主》，快板《为啥要组贫农团》等作品发表于《新大众》。

• 1948年8月，出席由晋冀鲁豫和晋察冀两区文联联合召开的华北文艺工作者会议。会上正式宣布两区文联合并，成立统一的华北文艺界协会。赵树理当选为理事。

• 1948年10月，《介绍一本好小说——〈高干大〉》发表于十月七日《人民日报》。10月13日，《邪不压正》在《人民日报》连载。

• 1948年12月，《对改革农村戏剧的几点建议》发表于《华北文艺》创刊号。

• 1949年春，《新大众》报迁入北平后，改为《大众日报》出版，任编委。

• 1949年4月，短篇小说《传家宝》在《人民日报》连载。

• 1949年5月，小说《田寡妇看瓜》发表于五月十四日《大众日报》。

• 1949年6月，《也算经验》发表于六月二十六日《人民日报》，《会师前后》发表于《文汇报》第九期。

• 1949年7月，出席第一次中华全国文学艺术工作者代表大会，当选为全国文联委员，七月二十日出席文联全国委员会首次会议，被选为常务委员。

• 1949年10月1日，参加开国大典（在观礼台上）。

• 1950年1月，《关于邪不压正》发表于《人民日报》。《说说唱唱》在北京创刊，赵树理与李伯钊同任主编。改编田间叙事长诗《赶车传》为鼓词《石不烂赶车》，发表于《说说唱唱》创刊号和第二期。

• 1950年2月，《谈群众创作》发表于《文艺报》一卷十期。《参观之外》发表于《新文萃》第二卷第五期。

• 1950年3月，《万象楼》连载于《工人日报》。

- 1950年4月，在北京市青年宫由大众文艺创作研究会与青年服务部联合主办的星期文艺讲座上讲《北京人写什么？》。调北京市文联（筹），负责筹备北京市文学艺术工作者代表大会（即北京首次"文代会"）。

- 1950年5月，《〈金锁〉发表前后》发表于《文艺报》二卷五期。

- 1950年6月，短篇小说《登记》发表于《说说唱唱》第六期。

- 1950年7月，《对〈金锁〉问题的再讨论》发表于《文艺报》二卷二期。

- 1950年8月，杂文《杜鲁门的"文化程度"问题》发表于《人民文学》二卷四期。

- 1950年10月，《〈活人塘〉四人赞》发表于《说说唱唱》第十期。《纪念话——纪念大众文艺创作研究会一周年》载于十五日《新民报》。

- 1950年12月，《文艺作品怎样反映美帝侵略的本质》发表于《北京文艺》一卷四期。同年调回中宣部。

- 1950年12月，作《〈方珍珠〉剧本读后感》，发表于次年一月十一日《新民报》。

- 1951年5月，为庆祝北京市劳动人民文化宫开幕题诗一首。

- 1951年6月，《"武训"问题介绍》发表于《说说唱唱》总第十八期。

- 1951年7月，《对发表〈"武训"问题介绍〉的检讨》发表于《说说唱唱》总第十九期。在长治专区写成电影故事《表明态度》。该文发表于《文艺学习》一九五六年第八期。

- 1951年9月，《赵树理选集》由新文学选集编辑委员会编选，由开明书店出版。

- 1951年11月，《考神婆》出版。

- 1951年12月，《说说唱唱》改由老舍任主编，赵树理、李伯钊、王亚平任副主编。

- 1952年1月，《我与〈说说唱唱〉》发表于《说说唱唱》一月号。

- 1952年3月，新体诗《美帝是人类的公敌》发表于《新民报》。《忆王春同志》发表于三月二十五日《新民报》。

- 1952年5月，《决心到群众中去》发表于《人民日报》。

- 1952年秋冬间，在山西省平顺县川底村郭玉恩农业生产合作社长期蹲点，深入生活。作《郭玉恩小传》，未发表。

- 1953年1月，调中国文学工作者协会工作，任《人民日报》编委至八月七日。

- 1953年2月3日，散文《一张临别的照片》在《人民日报》发表。

- 1953年3月20日，小调《王家坡》在《说说唱唱》三月号发表。

- 1953年4月下旬，出席全国文协创作委员会组织的在京作家、批评家和文艺工作的领导人学习社会主义理论的活动。维吾尔文《登记》、哈萨克文《登记》由民族出版社翻译出版。

- 1953年6月15日，出席屈原逝世二千三百三十周年纪念座谈会。

- 1953年6月，蒙文《登记》由民族出版社翻译出版。

- 1953年10月—11月，集中精力写长篇小说《三里湾》。

- 1954年1月，小说集《李有才板话》由通俗读物出版社出版。

- 1954年9月，出席第一届全国人民代表大会第一次会议。杂文《"侵略"浅释》发表于《文艺报》十七期，署名为"王甲土"。

- 1954年10月，短篇小说《求雨》发表于《人民日报》十月号。政论《谈六亿——中华人民共和国成立五周年杂感》发表于《北京日报》。

- 1954年12月，《我对戏曲艺术改革的看法》发表于《戏剧报》第十二期。

- 1955年1月7日，长篇小说《三里湾》发表于《人民文学》一至四期。

- 1955年3月，出席中国文联举办的辩证唯物主义和历史唯物主义讲座开幕式。政论《论"吃社果"说法的错误》在《政治学习》第三期发表。出席中国作家协会召开的讨论《汉字简化方案草案》的座谈会。《说说唱唱》停刊。

• 1955年5月,《三里湾》由北京通俗读物出版社出版。

• 1955年7月，出席第一届全国人民代表大会第二次会议。《国际文学》第三期开始连载《三里湾》。

• 1955年8月，创作谈《我在创作中的一点体会》发表于《人民中国》中、英、日版。出席中国文联和中国作协主席团联席（扩大）会议。小说《刘二和与王继圣》在《人民文学》重新发表。

• 1955年10月，应苏联《外国文学》杂志之约，作《〈三里湾〉写作前后》，为《三里湾》俄译本代序。载《文艺报》第十九期，《新华月报》第十二期。

• 1955年11月，参加中共山西省委召开的农村工作会议，后又参加山西省文联与戏曲界联合召开的戏剧创作会议。《谈课余和业余的文艺创作问题——答青年文艺爱好者的来信》载于《文艺学习》第十一期。

• 1956年1月，到高平、沁水等地了解初级社转高级社情况。

• 1956年2月，改完泽州秧歌剧本《开渠》。出席中国作家协会第二次理事会（扩大）会议。

- 1956年3月，应邀参加全国青年文学创作者会议，在会上作题为《和青年作者谈创作》的发言。

- 1956年7月，山西省长治专区赴京汇报演出团进京汇报演出，为之联系剧场，进行宣传，刊登广告，邀请行家评议。写有《"百花齐放"声中的上党戏》一文，发表于《北京日报》。《〈买猴儿〉讽刺了谁》发表于《文艺报》。

- 1956年8月23日，就农村工作的一些问题，致信长治地委负责人，提出了自己的意见。

- 1956年8月，电影故事《表明态度》发表于《文艺学习》第八期。

- 1956年9月，出席中国共产党第八次全国代表大会，发言稿《供应群众更多更好的文艺作品》发表于《人民日报》。

- 1956年10月，杂文《摩勒的妙文》发表于《北京日报》。《谈曲艺工作》发表于《曲艺工作通讯》第十期。

- 1957年1月下旬，中央戏剧学院歌剧系集体改编，田川、杨兰春执笔，马可等作曲的五场歌剧《小二黑结婚》由中国戏剧出版社出版。

- 1957年2月,《曲艺》杂志在京创刊,任主编。印度尼西亚
  文《李有才板话》出版。

- 1957年4月,离京赴山西省太谷县进行视察。作《理想的
  会演"准备"》。

- 1957年5月1日,《"出路"杂谈》在《中国青年》第九期
  发表。

- 1957年6月,论文《"普及"工作旧话重提》在《北京日
  报》发表。与老舍、张恨水等邀请在京文艺界有关人士举行
  座谈会,就繁荣大众文艺,创办《大众文学》杂志问题交换
  意见。出席第一届全国人民代表大会第四次会议。

- 1957年8月,《初看蒲剧的时候》在《天津日报》发表。《要
  挖断可右之根》在《曲艺》第四期发表。江风、高琛、薛恩
  厚改编的评剧《三里湾》由中国戏剧出版社出版。

- 1957年9月,根据记忆重写《金字》,在《收获》第三期发
  表。《青年与创作——答为夏可为鸣不平者》在《文艺学习》
  第十期发表。

- 1957年11月，《我与汉字》在《人民日报》发表。在高平作有《"才"和"用"》，在《中国青年》第二十四期发表。

- 1958年2月，出席第一届全国人民代表大会第五次会议。出席中国文联和各协会举行的座谈会，并发言。出席《文艺报》在中国文联大楼文艺茶馆召开的文风座谈会，并发言。作快板《"春"在农村的变化》、诗《春日寄战士》。

- 1958年3月，出席作家座谈会。出席首都十四家文艺刊物负责人座谈会。出席民间文学工作者座谈会。作《我们要在思想上跃进》在《曲艺》四月号发表。

- 1958年4月，出席首都民歌座谈会。着手撰写构思已久的长篇小说《灵泉洞》。

- 1958年5月，出席中国共产党第八届全国代表大会第二次会议。出席曲艺研究会召开的讨论如何表演《林海雪原》的座谈会。书信《万里同心——答瓦连津·奥维奇金》在《文汇报》发表。

- 1958年7月，小说《"锻炼锻炼"》在《火花》本年八月号发表。在长治作诗《告艾克》，在八月二日《人民日报》

发表。

• 1958年8月，第一届全国曲艺会演大会在北京开幕，为主席团成员。出席中国曲艺工作者代表大会，并发言。出席中国作家协会在颐和园召开的深入生活作家座谈会。长篇评书《灵泉洞》上部在《曲艺》月刊连载。评论《我爱相声〈水兵破迷信〉》在《人民日报》发表。

• 1958年9月，《当心棒子——驳斥杜勒斯好战声明》在《人民日报》发表。《曲艺工作者动员起来》在《新文化报》发表。作《彻底面向群众》，载《北京文艺》第十期。中朝友好协会在北京成立，当选为理事。小说集《李有才板话》编为《文学小丛书》第一辑之九，由人民文学社出版。

• 1958年12月，《"语言"小谈》出版。

• 1959年2月，文艺短论《谈文艺卫星》在《前进》第二期发表。《农村通俗文库》文艺作品第三辑之一《"锻炼锻炼"》出版。

• 1959年3月，离开阳城县。在山西省文联理论研究室召集的座谈会上，作了《当前创作中的几个问题》的报告。作

《群众创作的真繁荣》，在《文学知识》第四期发表。

• 1959年4月，出席第二届全国人民代表大会第一次会议。

• 1959年5月，散文《新食堂里忆故人》在《人民日报》发表。

• 1959年8月，作《公社应该如何领导农业生产之我见》。

• 1959年9月，小说《老定额》在《人民文学》第十期发表。《下乡杂忆》在《人民日报》和《文艺报》第十九、二十期合刊同时发表。

• 1959年10月，《电影创作》载小说《小二黑结婚》。为庆祝中华人民共和国成立十周年，人民文学出版社出版《建国十年优秀创作》，《三里湾》为其中之一。

• 1960年4月，出席第二届全国人民代表大会第二次会议。编选散文、杂谈、评论和书信，成《三复集》，共收入二十三篇文章。

• 1960年6月，作讽刺诗《告艾森豪威尔》在《文汇报》《工人日报》发表。讽刺诗《微妙的夜半》在《光明日报》发表。六言诗《戏为美国总统献策》在《人民文学》七月号发表。

- 1960年7月，出席第三次全国文学艺术界代表大会，被选为主席团成员。

- 1960年8月，《不应该从差别中寻找个人名利——与杨一明同志谈理想与志愿》在《中国青年》第十六期发表。

- 1960年10月，在长治作短篇小说《套不住的手》，发表于《人民文学》十一月号。

- 1961年3月，在长治访问潘永福。在长治作《实干家潘永福》。

- 1961年4月，出席上海市人民评弹团来京出演座谈会，并发言。

- 1961年6月下旬，返回长治。全力投入《三关排宴》的修改工作，8月《三关排宴》修改完毕，在《电影文学》九月号发表。

- 1961年8月上旬，返回北京。出席首都鲁迅先生诞生八十周年纪念大会，为主席团成员。

- 1961年11月，出席四川相书演出队来京演出座谈会，并发言。

- 1962年1月上旬，在太原作小说《杨老太爷》，在《解放军文艺》第二期发表。

- 1962年1月，其作品被作协湖南分会列为作者学习会必读材料之一。

- 1962年2月，散文《挤三十——农村旧话之一》在《人民日报》发表。

- 1962年3月，出席第二届全国人民代表大会第三次会议。

- 1962年4月27日，为纪念毛泽东《在延安文艺座谈会上的讲话》发表二十周年，由中国作家协会组织，在京作《文艺与生活》的报告。

- 1962年5月19日，小说《张来兴》在《人民日报》发表。

- 1962年6月8日、9日，在嘉峰村看戏，后作《地方戏和年景》。

- 1962年8月2日—16日，出席中国作家协会在大连召开的农村题材短篇小说座谈会。

- 1962年9月，创作谈《与工农读者谈〈三里湾〉》在《山西日报》发表。

- 1962年10月，短篇小说《互作鉴定》载《人民文学》十月号。

- 1962年11月，受全国文联指示，与曹靖华等到达湖南长沙，参加湖南省第三次文学艺术工作者代表大会。在湖南省第三次文代会上发表讲话，《新湖南报》于十一月二十五日以《作家要在生活中作主人》为题，作了报道。

- 1962年12月，作长诗《石头歌》，未发表。《套不住的手》编入《通俗文艺小丛书》。

- 1963年2月，《文艺报》第二期发表《记一次"关于小说在农村"的调查》。

- 1963年3月，中国作协书记处举行会议，决定成立农村文艺读物工作委员会，被定为主任，其他成员为周立波、侯金镜、韦君宜等人。出席《人民日报》编辑部和中国作家协会联合召开的报告文学座谈会，多次发言。

- 1963年4月，出席中国文联第三届全国委员会第二次（扩大）会议，并作了专题发言。

- 1963年5月，在北京北海公园，与北京大学五四文学社师生举行座谈会，着重谈了文艺与生活的关系。文艺论文《戏外话》在《戏剧报》第五期发表。

- 1963年6月，出席中国作协党组扩大会，并发言。诗《学雷锋》在《北京文艺》第三期发表。

- 1963年12月，论文《"起码"与"高深"》在《火花》次年第二期发表。作小说《卖烟叶》。

- 1964年1月，《农村文化通讯》第一期介绍了一批春节演唱、宣传材料，内有《开渠》《考神婆》等作品。出席江苏省常熟县人民评弹团来京演出茶话会，并发言。出席中国作协召开的作家、编辑座谈会。

- 1964年2月，主持中国文联和中国曲协联合召开的曲艺创作座谈会，并发言。

- 1964年3月，江风等改编的评剧《三里湾》编入《北京市戏曲剧目选》，由北京出版社出版。

- 1964 年 4 月，赴河南与李准合写剧本。

- 1964 年 5 月，赴陵川县黑山底大队，访问著名劳模、黑山底大队长董小苏，连谈三天。作《题赠陵川黑山底大队》诗一首。

- 1964 年 7 月，写出剧本《十里店》初稿。

- 1964 年 8 月，应《沁水县志》编辑人员田文高之邀，作《前岭人——中共沁水县委副书记何洪义同志家史》。

- 1964 年 12 月，出席第三届全国人民代表大会第一次会议。

- 1965 年 8 月，在太原内部演出《十里店》。在太原修改《十里店》。

- 1965 年 9 月下旬，返回长治，找剧组重排《十里店》。11 月晋东南地区举行"四清"剧目会演，上演了《十里店》。

- 1965 年年底，回太原。豫剧《传家宝》由河南人民出版社出版。

- 1966 年 5 月，写出《焦裕禄》一至三场。应晋东南专区剧院之邀，到长治修改准备参加会演的《两教师》。

- 1970年9月23日，因在"文革"期间遭受迫害，含冤逝世。

- 1978年10月17日，党中央、国务院为其平反昭雪，骨灰安放仪式在北京八宝山革命公墓礼堂举行。